자크와 그의 주인

밀란 쿤데라 전집
Milan Kundera 15

자크와 그의 주인

드니 디드로에게 바치는 3막짜리 오마주
백선희 옮김

민음사

JACQUES ET SON MAÎTRE
by Milan Kundera

Copyright © Milan Kundera 1981
All rights reserved.

All adaptations of the Work for film, theatre, television and radio are strictly prohibited.

Korean Translation Copyright © Minumsa 2013, 2021

Korean translation edition is published by arrangement with Milan Kundera c/o The Wylie Agency (UK) Ltd.

이 책의 한국어판 저작권은
The Wylie Agency (UK) Ltd와 독점 계약한 (주)민음사에 있습니다.

저작권법에 의해 한국 내에서 보호를 받는 저작물이므로
무단 전재와 무단 복제를 금합니다.

차례 변주 서설 7

자크와 그의 주인
드니 디드로에게 바치는 3막짜리 오마주 33

변주 예술에 대한 변주—프랑수아 리카르 137
유희적 편곡 145
작품의 역사에 관한 작가의 말 151

변주 서설

1

　1968년 러시아 군대가 내 작은 조국을 점령했을 때 내 책은 모조리 금서가 되었고, 그 결과 내겐 생활을 꾸릴 합법적 가능성이 하나도 없게 되었다. 많은 사람들이 나를 돕고 싶어 했다. 어느 날 한 연출가가 나를 찾아와 자기 이름으로 도스토옙스키의 『백치』를 희곡으로 각색해 볼 것을 제안했다.
　따라서 『백치』를 다시 읽었는데 나는 굶어 죽는 한이 있어도 이 작업은 못 하리라는 걸 깨달았다. 극단적인 행위와 어두운 깊이, 공격적인 감정들로 이루어진 그 세계가 혐오스러웠다. 설명할 길 없이 문득 『운명론자 자크와 그의 주인』에 대한 향수가 물씬 느껴졌다.
　"도스토옙스키 말고 디드로는 어떻습니까?"
　그는 디드로를 선택하지 않았지만 나는 이 기이한 욕망을 떨쳐 버릴 수가 없었다. 자크와 그의 주인 곁에 가능하면 오래

머물기 위해 나는 그들을 내 희곡 작품의 인물들로 상상하기 시작했다.

2

 도스토옙스키에 대한 이 느닷없는 혐오감은 왜일까?

 조국이 점령당한 것에 충격 받은 체코인의 반러시아적 반응이었을까? 아니다. 내가 체호프는 사랑하지 않은 적이 없었다. 도스토옙스키 작품의 미학적 가치에 대해 의혹을 품어서일까? 아니다. 스스로도 깜짝 놀란 이 혐오감에 대해 나는 어떤 객관성도 내세울 수 없었다.

 도스토옙스키의 작품에서 거슬리는 건 그의 책이 풍기는 분위기였다. 모든 것이 감정이 되는 세계. 다시 말해 감정이 가치와 진리의 수준으로 승격된 세계라는 점이었다.

 그날은 점령 사흘째였다. 나는 차를 타고 프라하와 부데요비체(카뮈가 「오해」의 배경으로 삼은 도시다.) 사이 어딘가를 달리고 있었다. 도로, 들판, 숲 할 것 없이 곳곳에 러시아 보병들이 진을 치고 있었다. 얼마 후 그들이 내 차를 멈

취 세웠다. 군인 세 명이 차를 뒤지기 시작했다. 수색이 끝나자 명령을 내렸던 장교가 내게 러시아말로 물었다. "Kak tchouvstvouyetyece?" 다시 말해 "어떤 느낌이 듭니까? 어떤 감정이십니까?" 심술궂거나 빈정거리는 질문이 아니었다. 오히려 그 반대였다. 장교가 말을 이었다. "이 모든 게 큰 오해입니다. 그렇지만 곧 해결될 겁니다. 우리가 체코인들을 사랑한다는 사실을 아셔야 합니다. 우리는 당신들을 사랑합니다!"

    탱크 수천 대에 풍광이 유린당하고, 수세기에 걸친 나라의 미래가 위험에 처하고, 정치인들이 체포당하고 내쫓겼는데 점령군의 장교가 당신에게 사랑을 고백한다. 내 말을 잘 이해해 주길 바란다. 그 장교는 침략에 동의하지 않는다는 의사 표현을 하려고 했던 것이 아니다. 전혀 그렇지 않다. 그들은 모두 그 장교처럼 말했다. 그들의 태도는 강간자의 가학적 쾌락이 아니라 다른 원형에 토대를 둔 것이었다. 상처 입은 사랑이라는 원형이다. 왜 이 체코인들은(우리가 이토록 사랑하는데!) 우리와 함께, 우리와 같은 방식으로 살고 싶어 하지 않는 걸까? 사랑이 무엇인지 그들에게 가르쳐 주기 위해 탱크를 쓰지 않을 수 없었으니 참으로 안타깝다!

3

감성은 인간에게 없어서는 안 될 것이지만 그것이 가치처럼, 진리의 기준처럼, 행동을 정당화하는 증거처럼 간주되는 순간 위험해진다. 더없이 고결한 애국심이 최악의 혐오스러운 행동까지 정당화할 수 있다. 하여, 서정적 감정으로 가슴이 벅차오른 사람이 성스러운 사랑의 이름으로 비열한 짓거리를 저지르는 것이다.

합리적 생각을 대체한 감성은 무분별과 불관용의 토대가 된다. 그것은 카를 구스타프 융이 말했듯이 "폭력의 상층 구조"가 된다.

감정을 가치 수준으로 끌어올린 일은 아주 먼 과거까지, 어쩌면 기독교가 유대교에서 분리되던 순간까지 거슬러 올라간다. "하느님을 사랑하고, 하느님의 뜻대로 행하라."라고 성 아우구스티누스는 말했다. 이 유명한 문장은 계시적이다. 진실의 기준이 외부에서 내부로, 자의적인 주관성 속으로 옮겨 가는 걸 드러낸다. 사랑이라는 감정의 물결(기독교의 정언인 "하느님을 사랑하라!")이 법의 명료성을 대체하고, 매우 흐릿한 도덕 기준이 되는 것이다.

기독교 사회의 역사는 천 년 이상 된 감성 학교다. 십자가 위의 예수는 우리에게 고통을 사랑하는 법을 가르쳤다. 기사도 시는 사랑을 발견했다. 부르주아 가문은 우리에게 가정에 대한 향수를 느끼게 했다. 대중 선동은 권력 의지를 '감성화하는' 데 성공했다. 이 긴 역사가 우리 감정의 풍요로움과 힘과 아름다움을 만들었다.

그런데 르네상스부터는 서양의 감성을 정신이 보완해 균형을 이루었다. 이성과 회의, 인간사의 상대성과 유희의 정신 말이다. 이즈음 서양은 충만함에 들어섰다.

솔제니친은 하버드에서 했던 그 유명한 연설에서 바로 이 르네상스 시대를 서양의 위기가 시작된 시점으로 잡았다. 이 판단에는 독특한 문화로서 러시아가 표현되고 드러난다. 사실, 러시아 역사는 바로 르네상스와 르네상스 정신의 부재로 서양 역사와 구별된다. 바로 이런 이유에서 러시아의 사고 방식은 합리성과 감성의 다른 관계를 안다. 이 다른 관계에 그 유명한 러시아 영혼의 신비가(그 깊이와 그 폭력성의 신비가) 있다.

러시아의 무거운 비합리성이 내 나라를 짓눌렀을 때 나는 서양 근대의 정신을 강하게 들이마시고 싶은 본능적인 욕구를 느꼈다. 그리고 내가 보기에 그 정신은 지성과 유머와 환상의 향연인 『운명론자 자크와 그의 주인』이 아닌 다른 어디에도 그만큼 진하게 농축되어 있는 것 같지 않았다.

4

나 자신을 정의해야 한다면 나는 극도로 정치성을 띤 세상의 덫에 걸려든 쾌락주의자라고 말하겠다. 내 삶에서 가장 행복했던 시절을 투영하기에 어느 것보다 애착이 가는 작품인 『우스운 사랑들』은 바로 그 상황을 얘기한다. 묘한 우연이다. 그 단편들(1960년대에 쓴 것들이다.) 중 마지막 작품을 러시아군이 도착하기 사흘 전에 끝냈으니 말이다.

1970년에 이 책의 프랑스어 판본이 출간되었을 때 사람들은 계몽주의 시대의 전통을 운운했다. 그 비교에 감격한 나는 약간은 어린아이처럼 들떠서 18세기를 좋아한다고 거듭 말하곤 했다. 사실을 말하자면 나는 18세기를 그렇게 좋아한다기보다 디드로를 좋아한다. 더 솔직히 말하자면 디드로의 소설을 좋아한다. 더 정확히 말하자면 『운명론자 자크와 그의 주인』을 좋아한다.

디드로의 작품에 대한 이 시각은 분명 지극히 개인적이지만, 어쩌면 근거를 대지 못할 것도 없겠다. 사실, 극작가 디드로는 꼭 없어도 괜찮다. 엄밀히 말해 이 위대한 백과사전파의 에세이를 알지 못해도 철학사를 이해할 수 있다. 그러나 거듭 말하지만 『운명론자 자크와 그의 주인』이 빠진다면 소설의 역사는 이해될 수 없고 불완전해질 것이다. 심지어 나는 세계 소설의 맥락 속에서 고려되어야 할 이 작품이 오직 디드로의 전체 글 속에서만 고려되는 고초를 겪고 있다고 말하고 싶다. 이 작품의 진정한 위대성은 『돈키호테』나 『톰 존스』, 『율리시스』나 『페르디두르케』와 견줄 때 드러난다.

디드로의 다른 작업들에 비해 『운명론자 자크와 그의 주인』은 차라리 기분 풀이용 작품이며, 그 위대한 모델인 로렌스 스턴의 『트리스트램 샌디』에서 깊이 영향을 받았다고 내게 반박하는 사람들도 있을 것이다.

5

소설이 이미 모든 가능성을 소진해 버렸다는 소리가 종종 들린다. 나는 그 반대라는 느낌이 든다. 사백 년에 걸친 소설의 역사 동안 소설은 많은 가능성을 놓쳤다. 수많은 기회를 탐험하지 못했고, 많은 길을 잊었으며, 많은 호소를 듣지 못하고 놓쳤다.

로렌스 스턴의 『트리스트램 샌디』는 그 잃어버린 위대한 충동들 가운데 하나다. 소설의 역사는 '서간체 소설' 형태에서 소설 예술의 심리적 가능성들을 발견한 새뮤얼 리처드슨의 예는 바닥까지 써먹었다. 반면, 스턴의 시도에 담긴 관점에는 그다지 주의를 기울이지 않았다.

『트리스트램 샌디』는 유희 소설이다. 스턴은 주인공의 잉태와 출생일에 오래도록 머물다가 그가 태어나자마자 거리낌 없이, 그것도 거의 영영 그의 인생 이야기를 내버린다. 그러곤

독자와 수다를 떨고 끝없는 여담 속에 빠져 헤맨다. 한 일화를 얘기하기 시작하곤 마무리 짓지도 않고, 책 한가운데 헌사와 서문을 집어넣기도 하고, 기타 등등 내내 이런 식이다.

요컨대 스턴은 자기 이야기를, 소설 개념 자체에 내재되었다고 자동적으로 간주되는 원칙인 '행위의 일치'라는 원칙 위에 세우지 않는다. 지어낸 인물들을 가지고 노는 엄청난 유희인 이 소설이 그에게는 형식의 창작에 대한 무한한 자유다.

미국의 한 비평가는 로렌스 스턴을 옹호하기 위해 이렇게 썼다. "『트리스트램 샌디』는 희극이지만 진지한 작품이며, 시종일관 진지하다." 맙소사, 내게 설명을 좀 해 주시오. 진지한 희극이란 무엇이고, 진지하지 않은 희극이란 무엇인지? 방금 인용한 문장은 별 의미는 없지만, 진지해 보이지 않는 모든 것 앞에서 문학 비평을 사로잡는 두려움을 완벽하게 드러내 준다.

그런데 나는 이 말만큼은 절대적으로 하고 싶다. 소설이라 이름 붙일 만한 어떤 소설도 세상을 진지하게 여기지 않는다는 것 말이다. 더구나 '세상을 진지하게 여긴다'는 건 무슨 의미인가? 이런 의미는 물론 아니다. 세상이 우리에게 믿게 하려는 것을 믿는다는 의미 말이다. 『돈키호테』부터 『율리시스』에 이르기까지 소설은 세상이 우리에게 믿게 하려는 것에 이의를 제기한다.

하지만 이런 말을 할 수도 있겠다. 소설은 세상이 우리에게 믿게 하려는 것을 믿기를 거부하는 동시에 자기 자신의 진실에 대한 믿음은 간직할 수 있지 않느냐고. 세상을 진지하게 여기지 않으면서 자기 자신은 진지할 수 있지 않느냐고 말이다.

그런데 '진지하다'는 건 무엇인가? 자신이 다른 사람들에게 믿게 하려는 것을 믿는 사람은 진지하다.

그렇지 않은 것이 바로 『트리스트램 샌디』다. 미국인 비평가를 다시 한 번 빗대어 말하자면 이 작품은 시종일관(throughout) 진지하지 않다. 이 작품은 우리에게 아무것도 믿게 하지 않는다. 인물들의 진실도, 작가의 진실도, 문학 장르로서 소설의 진실도 믿게 하지 않는다. 이 작품에서는 모든 것이 문제로 제시되고, 모든 것이 회의되며, 모든 것이 유희이고, 모든 것이 기분 전환용 오락이며(오락을 수치스러워하지 않고) 그 모든 결과물이 소설 형태와 연루되어 있다.

스턴은 소설의 무한한 유희적 가능성들을 발견했고, 그것으로 소설의 진화에 새로운 길을 열었다. 그런데 그의 '여행 초대'를 아무도 듣지 못했다. 아무도 그를 따르지 않았다. 아무도. 디드로만 빼고.

오직 디드로만이 이 새로운 것에 대한 호소를 감지했다. 그러므로 그의 독창성을 인정하지 않는 건 부당한 일이 될 것이다. 루소나 라클로, 괴테 같은 작가가 늙고 천진한 리처드슨의 본보기에 많은 빚을 지고 있다(그들도 그렇고, 소설의 진화 전체가 빚을 지고 있다.)고 해서 그들의 독창성에 이의를 제기할 사람은 없다. 스턴과 디드로의 유사성이 이토록 눈에 두드러지는 건 그들의 공통된 시도가 소설 역사 속에 완전히 고립된 채 남아 있기 때문이다.

6

 더욱이 『트리스트램 샌디』와 『운명론자 자크와 그의 주인』의 차이점 또한 유사성만큼이나 크다.
 먼저, 기질의 차이가 있다. 스턴은 느리다. 그의 방식은 감속의 방식이다. 그의 관점은 현미경이다.(그는 시간을 멈출 줄 알고, 훗날 제임스 조이스가 하듯이 삶의 단 일 초를 따로 떼어 낼 줄 안다.)
 디드로는 빠르다. 그의 방식은 가속의 방식이다. 그의 관점은 망원경이다.(나는 『운명론자 자크와 그의 주인』의 도입부보다 더 매혹적인 소설의 시작을 알지 못한다. 능수능란한 어조 변화, 박자 감각, 프레스티시모로 전개되는 첫 문장들.)
 다음으로는 구조의 차이가 있다. 『트리스트램 샌디』는 유일한 화자, 트리스트램의 독백이다. 스턴은 그의 괴이한 생각의 변덕을 세세히 좇는다.

디드로의 작품에서는 다섯 화자가 서로 말을 끊으며 소설의 이야기들을 전한다. (독자와 대화하는) 작가 자신, (자크와 대화하는) 주인, (주인과 대화하는) 자크, (청중과 대화하는) 여인숙 여주인, 그리고 아르시 후작이다. 모든 개별 이야기들의 지배적인 방식은 대화다.(대화 기술은 비견할 데 없이 탁월하다.) 더구나 화자들은 대화를 통해 이 대화들을 전한다.(대화들은 하나의 대화 속에 액자 구조로 들어 있다.) 따라서 소설 전체가 큰 소리로 떠들어 대는 거대한 대화와 다름없다.

에스프리의 차이도 있다. 목사인 스턴의 책은 자유사상가의 에스프리와 감상적인 에스프리 사이의 타협점이고, 빅토리아 시대의 조신한 대기실 분위기에서 느껴지는 라블레 풍의 유쾌함에 대한 향수 어린 추억이다.

디드로의 소설은 자기 검열 없는 자유와 감상적 알리바이 없는 에로티시즘의 거침없는 폭발이다.

마지막으로, 사실주의적 허상에 대한 정도의 차이가 있다. 스턴이 연대순을 뒤엎긴 해도 사건들은 시간과 장소에 단단히 닻을 내리고 있다. 인물들도 기이하지만 그들의 현실적 존재를 믿게 할 수 있을 만한 모든 것을 갖추었다.

디드로는 그 이전에는 소설 역사에서 한 번도 본 적 없는 공간인 배경 없는 무대를 창조해 낸다. 그들은 어디서 왔는가? 알 수 없다. 그들의 이름은 무엇인가? 그런 건 우리와 상관없다. 그들의 나이는? 모른다. 디드로는 우리에게 그의 인물들이 실제로 정해진 어느 순간에 존재한다고 믿게 하기 위해 아무것도 하지 않는다. 세계 소설의 역사 속에서 『운명론자 자크와 그의 주인』은 사실주의적 허상과 이른바 심리 소설의 미학에 대한 가장 철저한 거부다.

7

리더스 다이제스트(reader's digest)의 활용은 우리 시대의 뿌리 깊은 경향들을 여실히 드러내 보이고, 언젠가는 과거의 문화 전체가 완전히 다시 쓰일 테고, 그 다시 쓰기(rewriting) 뒤로 완전히 잊히고 말리라는 생각이 들게 만든다. 위대한 소설을 영화나 연극으로 각색하는 것도 독특한 리더스 다이제스트일 뿐이다.

예술 작품들의 범접할 수 없는 순결을 주장하려는 것이 아니다. 물론 셰익스피어도 다른 사람들이 창작한 작품들을 다시 썼다. 그러나 그는 각색을 하지는 않았다. 그는 한 작품을 활용해 자기 고유의 변주 테마를 만들어 내어 당당한 주인이 되었다. 디드로는 스턴에게서, 무릎에 상처를 입고 수레로 옮겨져 아름다운 여인의 간호를 받은 자크의 이야기 전체를 차용했다. 그러면서 그는 스턴을 모방하지도 각색하지도 않았다. 스턴의 테마에 하나의 변주곡을 쓴 것이다.

반면 『안나 카레니나』를 연극이나 영화로 바꾼 것은 각색이다. 다시 말해 축약이다. 각색자는 소설 뒤에 은밀히 숨어 있고 싶어 하면 할수록 소설을 배반한다. 그는 작품을 축약하면서 작품의 매력만이 아니라 그 의미까지 박탈한다.

톨스토이의 얘기를 계속해 보자면, 그는 소설 역사상 완전히 새로운 방식으로 인간 행동의 문제를 제기했다. 한 결정을 내릴 때 합리적으로는 포착 불가능한 원인들의 숙명적 중요성을 발견한 것이다. 왜 안나는 자살했을까? 톨스토이는 여주인공을 원격 조정한 비합리적 동기들의 짜임새를 보여 주기 위해 거의 조이스 풍의 내적 독백을 사용하기까지 한다. 그런데 이 소설의 각색은 매번 리더스 다이제스트의 본성 때문에 필연적으로 안나 행동의 원인들을 명료하고 논리적으로 만들려고 애쓰고, 그것들을 합리화하려 든다. 그렇게 함으로써 각색은 소설의 독창성에 대한 단순하고 순수한 부정(否定)이 된다.

이 얘기를 뒤집어 말해 볼 수도 있다. 소설의 의미가 다시 쓰기에서 생겨난다면 그것은 소설의 보잘것없는 가치에 대한 간접적 증거인 셈이다. 그런데 세계 문학에서 결단코 축약할 수 없는, 다시 쓰는 것이 전적으로 불가능한 소설이 두 권 있다. 『트리스트램 샌디』와 『운명론자 자크와 그의 주인』이다. 이 천재적인 무질서를 어떻게 무언가 남기면서 단순화하겠는가? 무엇을 남겨야 하겠는가?

포므레 부인의 이야기를 따로 떼어 내어 그것으로 한 편의 연극 작품이나 영화를 만들 수 있는 건 사실이다.(더구나 이미 그렇게 하기도 했다.) 그런데 그렇게 해서 얻는 건 작품 전체의 매력을 잃은 평범한 일화일 뿐이다. 사실 이 이야기의 아름다움은 디드로가 얘기하는 방식과 분리될 수 없다. 1) 한 서민층 여자가 자기에게 낯선 환경에서 일어나는 사건을 얘기한다. 2) 다른 일화들과 다른 말이 계속해서 엉뚱하게 끼어들어 이야기가 중단되기 때문에 인물들을 멜로드라마의 주인공과 동일시하는 것이 불가능하며 또한 3) 계속해서 해설과 분석과 논의가 따라붙는데 4) 포므레 부인의 이야기가 반윤리적이기에 해설자마다 매번 다른 결론을 내린다.

내가 왜 이 모든 얘기를 길게 늘어놓겠는가? 자크의 주인과 더불어 이렇게 부르짖고 싶기 때문이다. "이미 씌어 있는 것을 감히 다시 쓰는 자는 모조리 꺼져 버릴지다! 모조리 거세당하고 귀가 잘려 버릴지다!"

8

 또한 나는 「자크와 그의 주인」이 각색이 아니라는 말을 하려는 것이다. 이것은 온전히 나의 작품이고, 내 고유의 '디드로에 대한 변주'이며, 또는 존경하는 마음으로 만든 작품이므로 '디드로에게 바치는 나의 오마주'다.
 이 '변주-오마주'는 복합적 만남이다. 두 작가의 만남이자 두 세기의 만남이다. 또한 소설과 희곡의 만남이다. 극작품의 형태는 언제나 소설의 형태보다 훨씬 엄격하고 규범적이었다. 연극에는 한 번도 로렌스 스턴이 없었다. 따라서 나는 소설가 디드로가 발견했지만 극작가 디드로가 알지 못했던 형태적 자유를 내 희곡에 부여하려고 시도함으로써 '디드로에게 바치는 오마주'이자 '소설에 바치는 오마주'를 쓴 것이다.
 구성은 이렇다. 자크와 그의 주인의 여행이라는 빈약한 토대 위에 세 가지 사랑 이야기가 놓인다. 주인의 사랑, 자크의 사랑, 그리고 포므레 부인의 사랑이다. 앞의 두 사랑은 여행의 결말과 살짝 연결되는 반면(두 번째 사랑은 아주 살짝.) 2막 전체를 차지하는 세 번째 사랑은 기술적인 관점에서 볼 때 그저 단순한 일화다.(주된 줄거리를 이루지 않는다.) 이는 연극 구성의 법칙이라 부르는 것에 대한 명백한 위반이다. 그런데 나는 바로 이 지점이 내 판돈을 걸어야 할 곳이라고 보았다.

행위의 엄격한 통일성을 거부하고 보다 섬세한 방식으로 전체의 짜임새를 만들어 내는 것. 폴리포니 기법을 통해,(세 이야기가 연이어 얘기되지만 뒤섞이지는 않는다.) 그리고 변주 기법을 통해.(세 이야기는 사실 제각기 다른 이야기의 변주다.) (이렇듯 '디드로에 대한 변주'인 이 작품은 동시에 '변주 기법에 바치는 오마주'이기도 하다. 칠 년 후에 나올 나의 소설 『웃음과 망각의 책』이 그러하듯이.)

9

    70년대의 체코 작가에게는 『운명론자 자크와 그의 주인』(이 작품 역시 70년대에 씌었다.)이 작가 생전에 인쇄된 적이 없었으며, 수기 복사본만 한정된 대중에게 비밀리에 나눠졌다는 사실이 묘한 기분이 들게 했다. 디드로의 시절에는 예외였던 일이 이백 년 뒤 프라하에서는 중요한 체코 작가 모두에게 공통된 운명이 되었다. 그들은 출판계에서 추방당해 자신들의 책을 타자기로 친 형태로밖에는 볼 수가 없었다. 이 일은 러시아 침공과 더불어 시작되더니 계속되었고, 보아하니 앞으로도 계속될 모양이다.
    내가 개인적인 즐거움을 위해 「자크와 그의 주인」을 쓰긴 했지만, 어쩌면 언젠가는 누군가의 이름을 빌려 체코의 극장에서 공연을 하게 될지도 모른다는 막연한 생각을 품었는지도 모른다. 나는 서명 대신에 이미 나온 내 작품의 몇몇 기억들을 글 속에 흩어 놓았다.(이 또한 놀이요 변주다!) 자크와 그의 주인이 이루는 짝패는 「영원한 욕망의 황금 사과」(『우스운 사랑들』)의 친구 짝패를 떠올리게 한다. 『삶은 다른 곳에』에 대한 암시도 있고, 『이별의 왈츠』에 대한 암시도 있다. 그렇다. 이건 추억이었다. 작품 전체가 작가로서의 내 삶에 대한 작별 인사, '기분전환용 오락 형태의 작별 인사'였다. 이 작품과 거의 동시에 끝낸 소설인 『이별의 왈츠』는 나의 마지막 소설이 될 터였다. 그렇지만 나는 이 시기를 개인적 실패라는 씁쓸한 회한 없이 살았다. 개인적 작별이, 나를 뛰어넘는 거대한 다른 작별과 뒤섞였기 때문이다.

긴긴 러시아의 밤을 마주하고 나는 프라하에서 개인과 이성에, 사유의 다원주의와 관용에 토대를 두고 근대의 새벽에 잉태된 서양 문화의 거친 종말을 체험했다. 서양의 어느 작은 나라에서 나는 서양의 종말을 체험했다. 그것이 바로 대작별이었다.

10

 일자무식인 농부를 종자로 삼고 돈키호테는 어느 날 적을 무찌르기 위해 집을 나섰다. 백오십 년 뒤, 토비 샌디는 자기 정원을 커다란 모형 전쟁터로 만들었다. 그곳에서 그는 하인 트림이 충직하게 지켜보는 가운데 전사로서 보낸 젊은 시절의 추억에 빠져들었다. 트림은 십 년 뒤 여행을 하는 동안 주인을 즐겁게 해 주는 자크와 완벽하게 일치했다. 자크는, 백오십 년 뒤 오스트리아-헝가리 군대에서 상사 루카스 중위를 즐겁게 해 주면서 아연실색하게 만드는 전령병 요세프 슈베이크만큼이나 수다스럽고 고집이 셌다. 삼십 년 뒤엔 베케트의 「게임의 종말」의 주인과 하인이 세상의 텅 빈 무대 위에 홀로 남는다. 여행은 끝났다.
 하인과 주인은 근대 서양의 전 역사를 가로질렀다. 대작별의 도시 프라하에서 나는 멀어져 가는 그들의 웃음소리를 들었다. 사랑과 불안을 느끼며 나는 연약하고 쉬이 소멸하는 것들, 죽음을 선고받은 것들에 매달리듯이 그 웃음에 매달렸다.

1981년 7월, 파리.

자크와 그의 주인

드니 디드로에게 바치는 3막짜리 오마주

등장인물

자크
자크의 주인
여인숙 여주인
생투앙 기사
아들 비그르
아버지 비그르
쥐스틴
후작
어머니
딸
아가트
경찰서장
판사
여인숙 종업원, 장

이 작품은 막간 없이 공연되어야 한다. 3부 구성을 명확하게 하도록 나는 막 사이에 잠깐 암전을 하거나 커튼을 잠깐 내려 구분하는 건 어떨지 상상해 본다.

니콜라 브리앙송의 탁월한 연출(1998~1999년, 파리)에는 별다른 개입이 없었지만 각 막이 마치 3악장 협주곡처럼 분위기와 템포로 분명하게 구분되었다. 1막은 알레그로, 여인숙에서 벌어지는 2막은 비바체, 웅성거림, 취기, 웃음. 그리고 여인숙이 무대에서 사라지고 두 떠돌이만 외롭게 남는다. 마지막 장의 렌토.

나는 자크를 마흔을 넘긴 남자로 상상한다. 그는 주인과 나이가 같거나 더 들었다.

배경: 전체 공연 동안 무대는 바뀌지 않는다. 무대는 두 부분으로 나뉜다. 앞쪽은 조금 낮고, 뒤쪽은 조금 높아 연단 형태를 이룬다. 현재에서 벌어지는 모든 행위는 무대 앞쪽에서 연기된다. 과거 일화들은 뒤쪽 연단 위에서 표현된다.

무대 안쪽(따라서 높은 부분)에는 다락으로 이어지는 계단(또는 사다리)이 하나 있다.

대부분의 시간 동안 무대는(더없이 간결하고 추상적이어야 한다.) 비워 둔다. 몇몇 일화를 위해서만 배우들이 직접 의자나 탁자 따위를 가지고 등장한다.

장식적이고 예시적이고 상징적인 무대 요소들을 전혀 쓰지 않도록 조심해야 한다. 그런 요소들은 작품 정신에 반한다.

극 행위는 18세기에 일어나지만 오늘날 우리가 꿈꾸는 모습의 18세기여야 한다. 작품 언어도 옛날 언어로 복원하지 말아야 하고, 배경과 의상에서 역사적 특성을 부각하지 말아야 한다. 인물들(특히 두 주인공)의 역사성을 부인하지는 말되 살짝 감춰야 할 것이다.

20세기와 18세기(그들 정신의 세기)의 대면이 작품 전체를 은밀히 관통해야 한다. 그것을 이해 가능하고 균형 잡히도록 만들려면 매우 충실하게 텍스트를 존중해야 할 것이다.

1막

1장

(자크와 그의 주인이 무대에 들어선다. 몇 걸음 걷다가 자크의 눈길이 관객들에게 쏠린다. 자크가 멈춰 선다…….)

자크　(조심스레) 나리……. (주인에게 관객을 가리켜 보이며) 저 사람들 전부 왜 우리를 쳐다보고 있죠?

주인　(깜짝 놀라더니 혹시라도 소홀한 옷차림이 사람들의 주의를 끌까 걱정인지 옷매무새를 가다듬는다.) 아무도 없는 것처럼 굴어라.

자크　(관객을 향해) 다른 데를 좀 쳐다볼 수 없소? 대체 뭘 원하는 거요? 어디서 온 분들입니까? (팔을 뒤쪽으로 뻗으며) 저쪽에서 왔군요. 그럼 어디로 가는 겁니까?

(철학적인 멸시조로) 하긴 우리가 어디를 가는지 어찌 알겠어? (관객에게) 당신들은 당신들이 어디를 가는지 압니까?

주인   자크, 나는 우리가 어디를 가는지 아는 게 겁이 나는구나.

자크   나리께서 겁이 나신다고요?

주인   (슬프게) 그래. 그렇지만 내 슬픈 책무를 너한테 알리고 싶지는 않구나.

자크   나리, 우리는 절대 우리가 어디로 가는지 모릅니다. 제 말을 믿으세요! 제 대위님이 늘 말했듯이 그런 건 저기 높은 곳에 씌어 있으니까요.

주인   그 사람 말이 옳아······.

자크   내 동정을 빼앗긴 그놈의 더러운 다락이며 쥐스틴이며 악마가 갈고리로 꽉 찍어 잡아가 버렸으면 좋겠네요!

주인   왜 여자에게 저주를 퍼붓는 거냐, 자크?

자크   동정을 잃었을 때 저는 취해 있었습니다. 아버지는 불같이 화가 나서 저를 두들겨 팼고, 마침 웬 부대가 지나가기에 저는 입대를 했고, 전투가 벌어져서 총알 한 방을 무릎에 맞았죠. 그 때문에 기나긴 모험에 휩쓸리게 되었고요. 그 총알만 안 맞았어도 절대 사랑엔 안 빠졌을 겁니다.

주인   네가 사랑에 빠졌더란 말이냐? 그런 말은 한 적이 없잖느냐!

자크	나리께 얘기 안 한 게 어디 한두 가지인가요.
주인	저런! 어떻게 사랑에 빠지게 되었느냐? 얘기해 봐라!
자크	제가 어디까지 했지요? 아, 그렇죠. 무릎에 총알이 박힌 얘기를 했죠. 저는 사상자들 틈에 묻혔어요. 이튿날 사람들이 저를 발견하고는 수레에 던져 실었죠. 병원으로 보내려고요. 길이 엉망이라 덜컹거릴 때마다 저는 아파서 비명을 질렀습니다. 그런데 갑자기 멈춰서지 뭡니까. 저는 내리겠다고 했지요. 그곳은 어느 마을 끄트머리였는데, 웬 누추한 집 문 앞에 젊은 여자가 서 있었어요.
주인	아, 드디어 나오는구나…….
자크	여자가 집으로 들어가더니 포도주 한 병을 들고 나와 저한테 마시라고 내밀었어요. 사람들이 저를 다시 수레에 실으려고 했지만 저는 여자의 치마를 붙들고 매달렸죠. 그러고는 정신을 잃었고, 다시 정신을 차리고 보니 여자의 집이었는데, 여자의 남편과 아이들이 절빙 둘러싸고 있고, 여자는 저한테 붕대를 감고 있었어요.
주인	개자식! 네 속셈이 보이는구나.
자크	나리께서는 아무것도 못 보신 걸요.
주인	그 사내가 제 집에 너를 맞아 주었는데 넌 그런 식으로 보답을 하는 거냐!
자크	나리! 우리 행동에 대한 책임이 우리한테 있는 겁니까? 제 대위님은 이렇게 말씀하셨지요. 여기 우리에

게 일어나는 좋고 나쁜 모든 일은 저기 높은 곳에 씌어 있다. 이미 씌어 있는 걸 지울 방법을 나리께서는 아십니까? 나리, 말씀해 보시지요. 제가 존재하지 않을 수 있습니까? 제가 다른 사람이 될 수 있습니까? 제가 저인데 제가 하는 일이 아닌 다른 일을 할 수 있습니까, 제가?

주인 그 말은 어딘지 거슬리는구나. 네가 개자식인 것이 저기 높은 곳에 씌어 있기 때문이라는 거냐? 아니면 네가 개자식이라는 걸 저기 높은 곳에서 알기 때문에 씌어 있다는 거냐? 어느 것이 원인이고, 어느 것이 결과냐?

자크 모르겠습니다, 나리. 그렇지만 저를 개자식 취급은 말아 주세요.

주인 자기 은인의 마누라와 자는 놈이 개자식이 아니냐.

자크 그 사내를 제 은인이라고 부르지 마세요. 자기 아내가 저를 측은하게 여겼다고 그자가 아내를 어떻게 다뤘는지 나리께서 보셨어야 하는 건데.

주인 그자가 잘한 거지……. 그 여자는 어떻게 생겼더냐? 설명해 보거라!

자크 그 젊은 여자요?

주인 그래.

자크 (머뭇거리며) 중간 키에…….

주인 (그다지 마뜩지 않은 얼굴로) 흠…….

자크 그렇지만 작은 편이 아니라 큰 편…….

주인   (흡족해하며) 큰 편이라.

자크   네.

주인   그게 좋아.

자크   (손동작을 해 보이며) 가슴이 멋지고.

주인   가슴보다 엉덩이가 더 크더냐?

자크   (머뭇거리며) 아닙니다. 가슴이 더.

주인   (슬픈 표정으로) 애석하구나.

자크   나리께서는 엉덩이 큰 여자를 더 좋아하십니까?

주인   그럼……. 아가트처럼 엉덩이가 큰 게……. 그러면 눈은 어떻더냐?

자크   눈요? 기억이 나지 않는데요. 그렇지만 머리카락은 검었습니다.

주인   아가트는 금발이었는데.

자크   그 여자가 나리의 아가트를 닮지 않은 건 제 탓이 아닙니다. 그 여자를 생긴 대로 받아들이셔야 합니다. 그렇지만 그 여자는 다리가 길고 예뻤습니다.

주인   (몽롱하게) 긴 다리라. 네가 나를 기분 좋게 하는구나!

자크   그리고 엉덩이는 위풍당당했죠.

주인   위풍당당이라고? 허풍 아니고?

자크   (손으로 그려 보이며) 이만큼…….

주인   아! 못된 놈! 네가 그 여자 말을 하면 할수록 내가 미치겠구나. 그러니까 네 은인의 아내를 네가…….

자크   아닙니다, 나리. 그 여자와 나 사이에는 아무 일도 일어나지 않았습니다.

주인	그러면 왜 그 여자 얘기를 하느냐? 왜 그 여자 얘기로 시간을 허비하느냐고?
자크	나리께서 제 말을 잘랐죠. 그리고 그건 아주 나쁜 버릇입니다.
주인	이미 그 여자를 이토록 갈망하게 되 버렸는데…….
자크	제가 무릎에 총알이 박힌 채 침대에 누워 순교자처럼 고통 받고 있었다는 얘기를 하고 있는데 나리께서는 그저 색탐만 하시다니요. 게다가 이 모든 일에 아가트라는 여자까지 끼워 넣으시고요.
주인	그 이름은 입 밖에 내지 마라.
자크	나리께서 말씀하신 걸요.
주인	넌 아무것도 알고 싶어 하지 않는 여자를 미친 듯이 욕망한 적이 있었느냐? 쥐뿔도 알고 싶어 하지 않는 여자 말이다.
자크	네, 쥐스틴이 그랬죠.
주인	쥐스틴? 네가 동정을 줬다는 그 여자 말이냐?
자크	그렇습니다.
주인	얘기해 보거라.
자크	나리께서 먼저 하시지요.

2장

(조금 전 무대 안쪽 연단 위에 인물 몇이 등장해 있다. 아들 비그르가

계단 위에 앉아 있고, 쥐스틴이 그 앞에 서 있다. 또 한 커플이 무대 반대편을 차지하고 있다. 아가트는 생투앙 기사가 가져다준 의자에 앉아 있고, 기사는 그녀 곁에 서 있다.)

생투앙 (주인을 부르며) 어이! 친구!

자크 (주인과 같이 돌아보고, 고갯짓으로 아가트를 가리키며) 저 여자입니까? (주인이 고개를 끄덕인다.) 그럼 여자 옆에 있는 저 남자는 누구죠?

주인 친구야. 생투앙 기사. 저자가 내게 저 여자를 알게 해 주었지. (눈짓으로 쥐스틴을 가리키며) 그럼 저기 저 여자가 네 여자냐?

자크 네. 그런데 나리 여자가 더 낫네요.

주인 난 네 여자가 더 나은데. 훨씬 육감적이야. 시험 삼아 바꿔 볼테냐?

자크 그런 생각은 옛날에 했어야죠. 이젠 너무 늦었어요.

주인 (한숨을 내쉬며) 그래, 너무 늦었구나. 저 사내놈은 누구냐?

자크 비그르라는 친구입니다. 우리 둘 다 저 여자를 원했죠. 그런데 이해할 수 없는 이유로 내가 아니라 저놈이 차지했죠.

주인 나랑 똑같구나.

생투앙 (주인을 향해 연단 끄트머리까지 다가오며) 친구, 자네는 조심성이 부족했네. 그 여자 부모는 사람들의 험담을 두려워한다네…….

주인   (화가 나서 자크에게) 더러운 부르주아들! 내가 저 여자에게 선물 공세를 퍼부을 때는 거슬리지 않은 모양이더니!

생투앙   아니지, 아니야! 그때는 자네를 존경했지. 저들은 그저 자네가 자네 의사를 분명하게 밝히길 바랄 뿐이야. 그게 아니면 저들의 집을 들락거리지 말든가.

주인   (화가 나서 자크에게) 저놈이 나를 여자 집에 끌어들인 걸 생각하면! 저놈이 나를 부추겼다니까! 게다가 쉬운 여자라고 장담까지 했어!

생투앙   친구, 난 전해 달라는 메시지를 전한 것뿐이네.

주인   (생투앙에게) 좋아. (연단 위로 올라가며) 저 여자 손가락에 반지를 끼우는 일을 나한테 떠맡길 생각은 하지도 말라고 저들에게 전해 주게. 그리고 아가트에게는 나를 곁에 두고 싶으면 앞으로는 훨씬 고분고분하게 굴어야 할 거라고 말하게. 난 그 여자 때문에 다른 숙녀와 더 쓸모있게 보낼 수 있을 내 시간과 재산을 허비할 생각이 없네.

(생투앙은 자크 주인의 메시지를 귀 기울여 듣더니 인사를 하고 아가트 쪽으로 돌아간다.)

자크   잘하셨습니다, 나리! 전 바로 그런 나리의 모습이 좋습니다! 이번엔 제대로 용감하게 행동하셨어요.

주인   (연단에서 자크에게) 가끔은 이럴 때도 있지. 난 저 여자를 안 보기로 했어.

생투앙 (주인 쪽으로 다가오며) 자네 메시지를 그대로 전하긴 했는데, 내가 보기엔 자네가 좀 잔인했던 것 같네.

자크 우리 나리께서? 잔인했다고요?

생투앙 (자크에게) 넌 입을 다물어라, 종 주제에! (주인에게) 자네가 침묵을 지키는 바람에 온 가족이 걱정하고 있네. 그리고 아가트는…….

주인 아가트는?

생투앙 울고 있네.

주인 울고 있다고.

생투앙 온종일 울고 있네.

주인 생투앙, 자네는 내가 다시 나타나는 게 좋겠다고 생각하나?

생투앙 그건 잘못이지! 자넨 이제 뒤로 물러설 수 없네. 지금 돌아가면 모든 게 허사야. 저 장사꾼들에게 사는 법을 가르쳐 줘야 하네.

주인 하지만 저들이 날 다시 부르지 않으면 어쩌나!

생투앙 다시 부를 거네.

주인 너무 늦어지면 어쩌나?

생투앙 자넨 주인이 되고 싶은가, 노예가 되고 싶은가?

주인 그런데 여자가 울지 않나…….

생투앙 자네가 우는 것보다야 낫지.

주인 날 부르지 않을지도 모르잖나!

생투앙 부를 거라니까. 자넨 상황을 이용해야 하네. 아가트

1막 47

는 자네가, 자기가 주는 대로만 받아먹지 않는다는 걸 알아야 하고, 자신도 노력해야 한다는 걸 깨달아야 해……. 그런데 말해 보게……. 우린 친구 아닌가! 그 여자와 자네 사이에 아무 일도 없었다는 걸 자네 손목이라도 걸고 맹세할 수 있나?

주인 　아무 일 없었지.

생투앙 　자네의 조심성은 존경스러워.

주인 　애석하게도 난 엄밀히 진실만 말하고 있네.

생투앙 　뭐? 저 여자가 마음 약해진 순간이 전혀 없었다는 건가?

주인 　없었네.

생투앙 　난 자네가 멍청이처럼 굴지 않았을까 걱정이네. 정직한 사람들이 그러기 쉽잖나.

주인 　그러는 자넨 저 여자를 품고 싶은 생각이 전혀 없었나?

생투앙 　물론 있었지. 그렇지만 자네가 나타났으니 난 아가트에게 순수하게 정신적인 존재가 되었네. 우리는 좋은 친구로 남았을 뿐 그 이상은 아니야. 나한텐 한 가지 위안뿐이네. 내 절친한 친구가 그 여자와 잔다면 내가 잔 거나 마찬가지라는 거지. 자네를 그녀 침대로 보낼 수만 있다면 맹세코 난 뭐든지 할 거네.

(이렇게 말하고 그는 여전히 의자에 앉아 있는 아가트를 향해 무대 안쪽으로 멀어진다.)

자크   나리, 제가 두 분 얘기를 어떻게 듣는지 보셨습니까? 저는 단 한 번도 말을 자르지 않았습니다. 나리께서 이걸 좀 본받으셨으면 합니다.

주인   단지 끼어들려고 끼어들지 않은 걸 자랑이라고 하느냐.

자크   제가 나리 말씀을 끊는다면 나리께서 나쁜 본보기를 보여 주시기 때문입니다.

주인   주인인 내겐 내가 원하는 만큼 하인의 말을 자를 권리가 있다. 그러나 내 하인에겐 주인 말을 자를 권리가 없어.

자크   나리, 저는 나리 말씀을 자르지 않습니다. 저는 나리와 같이 얘기를 나누는 겁니다. 나리께서도 늘 그걸 원하셨잖습니까. 그리고 제 생각을 나리께 말씀드리자면, 저는 나리 친구 분이 마음에 들지 않습니다. 그분은 자기 애인을 나리와 결혼시키려고 하는 게 분명합니다.

주인   그만! 너한테 더는 한 마디도 안 할 것이다! (성난 얼굴로 연단을 내려간다.)

자크   나리! 나리! 말씀을 계속하세요!

주인   뭣 하러 하겠느냐! 네가 그렇게 통찰력이 있는 것처럼 뻐기고 못된 안목을 내세우니 내가 말 안 해도 모든 걸 알 것 아니냐.

자크   나리 말씀이 맞습니다만 그래도 계속하세요. 제가 짐작은 해도 이야기 전체 흐름을 알 뿐이지, 나리께서

	생투앙과 나눈 자세한 얘기 내용도, 줄거리의 갑작스러운 변화도 상상하지 못합니다.
주인	너 때문에 화가 나서 난 입 다물란다.
자크	나리, 그러지 마세요.
주인	우리가 화해하길 바란다면 이제 네가 얘기해 보거라. 내 마음에 들면 네 말을 자르지 않으마. 네가 어떻게 동정을 잃었는지 알고 싶구나. 네가 처음으로 사랑을 나누는 동안에는 내가 네 말을 여러 번 자르리라는 건 자신해도 좋다.

3장

자크	나리께서 그러고 싶으시다면 그러실 권리가 있습니다. 보세요. (뒤로 돌아 쥐스틴이 아들 비그르와 함께 오르고 있는 계단을 가리킨다. 계단 아래 서 있는 아버지 비그르는 그들을 보지 못한다.) 제 대부인 비그르 영감이 수레 만드는 작업장에 있습니다. 사다리는 다락으로 이어지고, 그곳에는 제 친구인 아들 비그르의 침대가 있습니다.
아버지 비그르	(화가 나서 다락을 향해) 비그르! 비그르! 게을러빠진 놈!
자크	비그르 영감은 작업장에서 잤습니다. 아버지가 깊이 잠들면 아들은 살그머니 문을 열었고, 쥐스틴이 작은

사다리를 타고 다락으로 올라갔죠.

아버지 비그르   아침 종이 울린 지가 언젠데 여태 코를 골고 자고 있는 거냐. 내가 당장 올라가서 빗자루로 쓸어 내려야겠어?

자크   두 사람은 지난밤에 얼마나 질펀하게 즐겼는지 깨지 못했던 겁니다.

아들 비그르   (다락에서) 아버지, 화내지 마세요!

아버지 비그르   농부한테 차축을 벌써 갖다 줬어야지! 어서 서둘러!

아들 비그르   일어났어요! (바지 단추를 채우며 내려온다.)

주인   그러니까 쥐스틴은 이제 밖으로 나갈 수가 없겠구나?

자크   덫에 걸린 거죠, 나리.

주인   (폭소하며) 겁에 질려 식은땀을 흘리고 있겠구나!

아버지 비그르   그 바람둥이 계집한테 빠진 뒤로 이놈이 도무지 잠잘 생각밖에 안 해. 그럴 만한 가치나 있는 여자라면 또 모르겠어! 그런 못된 계집을! 불쌍한 죽은 마누라가 이 꼴을 봤더라면 벌써 오래전에 한 놈은 때려잡았을 테고, 다른 한 년은 미사를 끝내고 나올 때를 기다렸다가 눈을 뽑아 버렸을 거야. 그런데 바보처럼 나는 이 모든 걸 참고 있어. 이젠 안 되겠어! (아들 비그르에게) 이 축을 농부에게 갖다 줘! (아들 비그르, 어깨에 축을 메고 멀어진다.)

주인   쥐스틴이 그 말을 위에서 들었을까?

자크   물론이죠!

아버지 비그르   빌어먹을, 내 파이프는 어디 간 거야? 분명히 이 빌어먹을 자식이 가져갔을 거야! 저 위에 있는지 봐야겠어.

(그는 계단을 오른다.)

주인   그럼 쥐스틴은? 그럼 쥐스틴은?
자크   침대 속에 들어 있죠.
주인   아들 비그르는?
자크   차축을 갖다주고 우리 집으로 달려왔죠! 저는 말했습니다. 마을로 가서 어슬렁거리고 있어. 그 동안 쥐스틴이 빠져나갈 수 있도록 내가 네 아버지를 맡을 테니. 그런데 나한테 시간을 좀 많이 줘야 해.

(그는 연단 위로 올라간다. 주인이 웃는다.)

왜 웃으세요?

주인   그냥.
아버지 비그르   (다락에서 내려오며) 대자야, 너를 보니 반갑구나. 이렇게 일찍 어디서 오는 거냐?
자크   집으로 돌아가는 길이에요.
아버지 비그르   아! 대자야, 너도 난봉꾼이 되고 있는 거냐!
자크   아니라고는 못 하겠어요.

아버지 비그르   아들놈과 네가 한통속이 아닌지 걱정이구나! 너, 밖에서 밤을 보냈구나!

자크   아니라고는 못 하겠어요.

아버지 비그르   매춘부 집에서?

자크   네. 그런데 저희 아버지께는 말도 못 꺼내요!

아버지 비그르   그럴 만하지. 아버지가 틀림없이 널 두들겨 패겠지. 나 같으면 아들놈한테 그렇게 할 거야. 그런데 우선 뭐 좀 먹자꾸나. 포도주를 마시면 좋은 생각이 떠오를 거야.

자크   안 됩니다, 대부님. 전 졸려서 쓰러질 지경이에요.

아버지 비그르   네가 몸을 아끼지 않은 모양이구나. 그럴 만한 가치가 있는 여자였으면 좋겠다만. 그 얘기는 그만두자꾸나. 아들이 나갔으니 저 위에 올라가서 침대에 좀 눕거라.

(자크는 계단을 오른다.)

주인   (자크를 향해 소리치며) 이 배신자야! 이 악당아! 내 이럴 줄 짐작했어야 하는 건데……

아버지 비그르   아, 젊은 녀석들이란! 빌어먹을 놈들……! (다락에서 소음과 숨죽인 웃음소리가 들려온다…….) 녀석이 꿈을 꾸는 모양이야……. 요란한 밤을 보낸 게 틀림없어.

주인   꿈을 꾼다고! 이놈은 꿈이라곤 꾸지 않아! 그래, 이놈이 여자를 위협하고 있는 거야! 여자는 저항해 보지만 발각될까 겁이 나서 입을 다물 수밖에 없는 거고. 개자식! 넌 강간범으로 처벌받아 마땅해!

자크   (다락에서) 나리, 제가 여자를 강간한 건지는 잘 모르겠습니다. 제가 아는 건 여자에게도 나에게도 그다지 나쁘지 않았다는 겁니다. 다만 여자가 저한테 약속을 하게 했어요…….

주인   무슨 약속을 했는데, 방탕한 놈!

자크   비그르가 이 일을 모르게 하라는 약속이죠.

주인   네가 약속만 하면 되니 잘된 일 아니냐.

자크   더없이 잘된 일이죠!

주인   몇 번이나 했더냐?

자크   여러 번인데 점점 더 좋았죠.

(아들 비그르가 돌아온다.)

아버지 비그르   이렇게 오랫동안 뭘 했냐? 이 수레바퀴 테를 밖으로 가져가서 마저 끝내거라.

아들 비그르   왜 밖에서 하라는 거예요?

아버지 비그르   자크를 깨우지 않게 말이다.

아들 비그르   자크라고요?

아버지 비그르   그래, 자크 말이다. 저 위에서 코를 골고 자고 있어. 아버지들만 불쌍하지. 네놈들은 모조리 똑같아. 얼른, 좀 움직여. 왜 그렇게 우두커니 섰어?

(아들 비그르가 계단 쪽으로 달려가 오르려고 한다.)

어딜 가는 거야? 그 불쌍한 녀석을 자게 내버려둬!

아들 비그르 (큰소리로) 아버지! 아버지!
아버지 비그르 녀석이 피곤해서 곯아떨어졌다니까!
아들 비그르 지나가게 해 주세요!
아버지 비그르 저리 가! 너 같으면 잘 때 깨우면 좋겠어?
주인 쥐스틴이 그 모든 걸 들었어?
자크 (계단 위에 앉아) 나리께서 지금 제 말을 듣는 것처럼요!
주인 오! 기가 막히는군! 오, 존경스러운 개자식! 넌 뭘 하고 있었느냐?
자크 저는 웃고 있었죠.
주인 목을 매달아 마땅한 놈 같으니! 그러면 여자는?
자크 여자는 머리카락을 쥐어뜯고, 눈을 하늘로 치켜뜨더니 자기 팔을 비틀었죠.
주인 자크, 넌 야만인인 데다 심장이 돌이구나.
자크 (계단을 내려오며 매우 심각하게) 아닙니다, 나리. 아니에요. 제게도 감정이 있죠. 그렇지만 더 좋은 기회를 위해 아껴 두는 겁니다. 감정을 제멋대로 아무렇게나 허비하는 사람들은 막상 필요할 때 쓰려고 보면 남아 있는 게 없죠.
아버지 비그르 (자크에게) 아, 너구나! 잘 잤냐? 잠이 얼마나 왔

겠냐! (아들에게) 저 녀석이 갓 태어난 아기처럼 싱싱해졌어! 지하실에 가서 술을 한 병 가져오너라. (자크에게) 이제는 기꺼이 먹겠지!

자크　아주 기꺼이 먹죠.

(아들 비그르가 술을 한 병 가져오자 아버지 비그르가 잔 세 개를 채운다.)

아들 비그르　(자기 잔을 치우며) 난 이렇게 이른 아침에는 목이 마르지 않아요.
아버지 비그르　안 마실 거냐?
아들 비그르　네.
아버지 비그르　아하! 네놈이 왜 그러는지 알겠어. (자크에게) 이게 다 쥐스틴 때문이야. 저놈이 밖에서 보낸 시간을 보아하니 그 여자 집에 들렀던 거지. 그러다가 그 여자가 딴 놈이랑 있는 걸 보게 된 거야. (아들 비그르에게) 잘됐어! 그 여자는 한낱 술집 작부일 뿐이라고 내가 말했잖냐! (자크에게) 저놈이 괜히 애꿎은 술에다 화를 내고 있어!
자크　대부님이 정확하게 맞히신 것 같습니다.
아들 비그르　자크, 그 따위 농담 집어치워.
아버지 비그르　저놈이 마시지 않는다고 우리가 못 마실 건 없지. (잔을 들며) 대자야, 너의 건강을 위하여!
자크　(잔을 들며) 대부님의 건강을 위하여……. (아들 비그르에게) 친구, 너도 같이 마시자. 분명히 별것 아닌 일로 그러는 것 같은데.

아들 비그르 안 마신다고 했잖아.

자크 그 여자를 다시 보면 화가 깡그리 사라질 거야. 걱정할 것 없어.

아버지 비그르 아냐, 반대야. 그 여자가 저놈을 아주 괴롭힐 거야……! 이제 대자 너를 네 아버지한테 데려가서 네 방탕한 짓을 용서하게 해야겠다. 나쁜 자식들! 네놈들은 모조리 똑같아! 모조리 더러운 놈들이야……. 자, 가자.

(그는 자크의 팔을 붙잡고 함께 떠난다. 아들 비그르는 다락 계단을 오른다. 몇 발짝 가다가 자크는 아버지 비그르와 떨어져 연단을 내려와 주인 있는 곳으로 다가온다. 아버지 비그르는 퇴장한다.)

주인 기막힌 일화군! 여자들과 친구들을 더 잘 알게 해 주는 일화야.

(연단 위에서 생투앙이 천천히 주인을 향해 간다.)

자크 나리께서는 친구 분이 나리 애인을 거들떠보지 않을 거라고 생각하시죠…….

4장

생투앙　친구! 나의 소중한 친구! 이리 와 보게……. (연단 끝에 서서 연단 아래 있는 주인을 향해 팔을 벌린다. 주인은 연단 위로 올라가 생투앙과 만난다.) 아! 친구, 진실한 우정을 느끼는 친구가 있다는 건 참으로 근사한 일이네…….

주인　생투앙, 자네가 날 감동시키네.

생투앙　그래, 자네는 모든 친구 중에서도 최고의 친구지. 그런데 나는…….

주인　자네? 자네도 모든 친구 중에 최고의 친구지.

생투앙　(고개를 저으며) 자네가 나를 모르는 건 아닌지 겁이 나네, 친구.

주인　나 자신만큼이나 자네를 잘 알지.

생투앙　자네가 나를 안다면 나를 알고 싶어 하지 않을걸…….

주인　그런 말 말게.

생투앙　난 비열한 인간이야. 그래, 꼭 맞는 말이네. 자네 앞에서 분명히 밝히는데 난 비열한 인간이야.

주인　내 앞에서 자네를 모욕하는 걸 허락하지 않겠네!

생투앙　비열한 인간이야!

주인　아니네!

생투앙　비열한 인간이야!

주인　(그 앞에 무릎을 꿇으며) 친구, 입 다물게. 자네 말이 내 가슴을 찢네. 무엇 때문에 그렇게 번민하는가? 무엇 때문에 자책하는가?

생투앙   내 과거 인생에 한 가지 오점이 있네. 딱 한 가지 오점, 그래, 유일한 오점이지. 그렇지만…….

주인   유일한 오점이라니, 그게 뭔가?

생투앙   유일하지만 내 인생 전체를 시커멓게 만들 수 있는 오점이네.

주인   제비 한 마리가 온다고 봄이 온 건 아니잖나. 오점이 하나라면 오점도 아니야.

생투앙   아, 아니네. 하나뿐인 유일한 오점이지만 끔찍한 것일세. 나 생투앙이 배신을 딱 한 번 했네. 그래, 친구를 배신했어!

주인   저런! 어떻게 된 건가?

생투앙   우리는 같은 여자를 만났네. 그 친구는 그 여자를 사랑했고, 그 여자는 나를 사랑했지. 그 친구가 여자를 사귀고 있었는데, 난 그걸 이용했다네. 친구에게 이 사실을 털어놓을 용기가 나지 않았어. 그렇지만 그래야 해. 그 친구를 다시 보면 모든 걸 말해야겠네. 나를 짓누르는 끔찍한 비밀에서 해방되려면 그 친구에게 고백을 해야만 해…….

주인   그러는 게 좋겠네, 생투앙.

생투앙   자네도 그렇게 충고하나?

주인   그래. 그렇게 충고하네.

생투앙   그러면 내 친구가 이걸 어떻게 받아들일 것 같나?

주인   자네가 뉘우치고 솔직하게 털어놓은 것에 감동받을 거네.

생투앙   그렇게 생각하나?

주인   그렇네.

생투앙   그러면 자네라도 그럴 건가?

주인   나? 그럼.

생투앙   (두 팔을 벌리며) 친구, 나를 안아 주게.

주인   뭐라고?

생투앙   날 품어 달라고. 내가 속인 친구가 바로 자네야.

주인   (기가 막힌 듯한 표정으로) 아가트 말인가?

생투앙   그렇네……. 아! 자네 인상을 쓰는군! 자네가 한 말을 돌려주겠네! 그래, 그래! 자네는 나한테 하고 싶은 대로 할 수 있네. 자네가 옳아. 내가 한 행동은 용서받을 수 없어. 날 포기하게! 날 버리게! 날 경멸하게! 아, 그 비천한 여자가 나한테 어떻게 했는지 자네가 안다면! 그 여자가 내게 억지로 떠안긴 그 비열한 역할 때문에 얼마나 괴로웠는지 모른다네…….

5장

(교차대화)

(아들 비그르와 쥐스틴이 사다리에서 내려와 마지막 계단 위에 나란히 앉는다. 두 사람은 낙담한 얼굴이다.)

쥐스틴   맹세해요! 우리 아버지와 어머니 머리를 걸고 맹세해요!

아들 비그르   널 절대 믿지 않을 거야!

(쥐스틴은 흐느낀다.)

주인   (생투앙에게) 비천한 여자! 그리고 자네! 생투앙 자네가……. 어떻게 그럴 수가…….
생투앙   날 고문하지 말아 주게, 친구!
쥐스틴   (애원하며) 맹세코 그 사람은 나를 건드리지도 않았어요!
아들 비그르   거짓말쟁이!
주인   자네가 어떻게 그럴 수 있나?
아들 비그르   저 개자식하고!

(쥐스틴은 흐느낀다.)

생투앙   내가 어떻게 그럴 수 있느냐고? 내가 태양 아래 둘도 없는 비열한 인간이기 때문이지! 나는 최고의 사내를 친구로 두었는데, 비열하게도 그 친구를 배신했어. 왜 그랬는지 묻지 않나? 왜냐하면 난 개자식이니까! 그저 개자식일 뿐이니까!
쥐스틴   그 사람은 개자식이 아니에요! 당신 친구잖아요!
아들 비그르   (화를 내며) 내 친구라고?
쥐스틴   당신 친구죠! 그 사람은 나를 건드리지도 않았어요!

아들 비그르   시끄러!

생투앙   그래, 개자식일 뿐이야!

주인   그만두게. 스스로에게 침 뱉는 건 좀 그만두게나!

생투앙   아냐! 뱉을 거네!

주인   일은 이렇게 되었지만 스스로에게 침까지 뱉을 건 없잖은가.

쥐스틴   그 사람이 당신 친구라며, 행여 우리가 무인도에 둘만 있게 되더라도 나랑은 도저히 어떻게 해 볼 수 없다고 말했어요.

주인   자학은 그만둬.

아들 비그르   (화난 마음이 주춤거리며) 그 녀석이 그렇게 말했어?

쥐스틴   네!

생투앙   난 고통 받고 싶네.

주인   자네와 나, 둘 다 못된 계집한테 희생된 거야! 그 여자가 자네를 유혹했어! 자네는 솔직했네. 나한테 모두 털어놓았으니까. 자네는 여전히 내 친구네!

아들 비그르   (믿기 시작하며) 무인도에 있더라도라고 말했단 말이지?

쥐스틴   네!

생투앙   난 자네 우정을 받을 자격이 없네.

주인   아니네. 이젠 그럴 자격이 있네! 후회의 고통으로 대가를 치렀잖나!

아들 비그르   그 녀석이 내 친구라고 했고, 무인도에 둘밖에 없

　　　　　을지라도 널 건드릴 수 없을 거라고 정말 그랬어?
쥐스틴　네!
생투앙　아, 자네는 정말 너그러워!
주인　　날 안아 주게!

(그들은 서로를 끌어안는다.)

아들 비그르　무인도에 두 사람뿐이더라도 너를 건드리지 못할
　　　　　거라고 정말 그랬단 말이지?
쥐스틴　네!
아들 비그르　무인도에? 맹세해!
쥐스틴　맹세해요!
주인　　이리 오게, 한잔하세!
자크　　아, 나리, 나리가 제 마음을 아프게 하네요!
주인　　어떤 헤픈 여자도 갈라놓을 수 없는 우리 우정을 위하
　　　　여!
아들 비그르　무인도에 있더라도라고 했단 말이지. 내가 그 친
　　　　　구한테 부당했어. 진정한 친구인데!
자크　　나리, 우리의 모험이 이상하게도 닮은 것같아 보입니
　　　　다.
주인　　(자기 역할에서 빠져나오며) 뭐라고?
자크　　우리 모험이 이상하게도 닮았다고 했습니다.
아들 비그르　자크는 진정한 친구야.
쥐스틴　당신한테 최고의 친구죠.

생투앙   이제 난 오직 복수할 생각뿐이네! 그 비천한 여자가 우리를 갖고 놀았으니 우리 같이 복수를 하세! 내가 뭘 해야 할지 자네가 명령만 내리게!

주인   (자크의 얘기에 기분이 상해서, 생투앙에게) 나중에 하세. 이 이야기는 나중에 마무리 짓자고…….

생투앙   아니네, 아니야! 당장 해야 하네! 자네가 요구하는 거라면 무엇이건 하겠네! 자네가 뭘 원하는지만 말하게.

주인   좋아, 그렇지만 나중에 하세. 지금은 자크 얘기가 어떻게 끝나는지 보고 싶네.

(주인은 연단을 내려온다.)

아들 비그르   자크!

(자크는 연단 위로 뛰어오르며 아들 비그르를 향해 간다.)

아들 비그르   고마워. 넌 최고의 친구야. (자크를 끌어안는다.) 이제 쥐스틴을 안아 줘. (쥐스틴, 머뭇거린다.) 자, 부끄러워하지 마. 내 앞에서는 안을 권리가 있어! 내가 명령하겠어! (자크, 쥐스틴을 안는다.) 우리 셋은 세상에서 가장 소중한 친구야. 살아서나 죽어서나……. 무인도에서나……. 네가 쥐스틴을 건드리지 않을 거라는 게 사실이야? 무인도에 있더라도?

자크 친구의 여자를? 너 미쳤어!
아들 비그르 넌 정말 믿을 수 있는 친구야!
주인 비열한 놈! (자크가 주인을 향해 돌아선다.) 그런데 내 모험은 끝나려면 아직 한참 멀었는데…….
자크 나리는 바보가 되시고도 아직 부족하세요?
아들 비그르 (행복에 겨워) 여자 중에서도 가장 절개 있는 여자야! 친구 중에 가장 믿을 만한 친구고. 난 왕처럼 행복해!

(이 마지막 대사를 하면서 아들 비그르는 쥐스틴을 데리고 나간다. 생투앙은 조금 더 남아 다음 장면의 첫 대사를 들은 뒤 나간다.)

6장

주인 내 모험은 계속되었고 그 끝은 끔찍했지. 모험에 일어날 수 있는 최악의 끝이었어…….
자크 최악의 끝이란 게 어떤 거죠?
주인 생각해 보거라.
자크 생각해 볼게요……. 어떤 것이 모험의 최악의 끝일 수 있을까요……. 그런데 나리, 제 모험도 끝나려면 아직 멀었어요. 저는 동정을 잃었고, 최고의 친구를 찾았죠. 그게 너무 행복해서 술에 취했더니 아버지가 저를 두들겨 팼고, 마침 한 부대가 근처를 지나가기에 입대했다가 전투에 참가하게 되었고, 무릎에 총알을 한 방 맞자 사람들이 저를 수레에 싣고 옮겼는데, 웬 누추한 집 앞에서 멈춰 섰고, 웬 여자가 문지방에 나타났는데…….

주인   그건 이미 얘기했잖느냐.

자크   또 제 말을 자르시는 겁니까?

주인   계속하거라!

자크   싫습니다! 계속 말이 잘리고 싶지는 않습니다.

주인   (기분 상한 듯) 좋아. 그러면 길을 좀 가자꾸나……. 아직 가야 할 길이 멀어……. 맙소사, 어째서 우리가 말을 안 타고 있지?

자크   나리께서는 우리가 무대에 있다는 걸 잊으셨군요. 여기 어떻게 말이 있겠습니까……?

주인   형편없는 공연 때문에 우리가 걸어서 가야 한다니. 우리를 만들어 낸 주인은 우리에게 말을 주지 않았더냐!

주인   주인이 너무 많으면 이런 위험이 있지요.

주인   우리가 좋은 창작물인지 모르겠다는 생각이 종종 드는구나. 너는 사람들이 우리를 잘 만들어 냈다고 생각하느냐?

자크   "사람들"이 누굽니까, 나리? 저 높은 곳에 있는 사람 말입니까?

주인   이 아래 세상의 누군가가 우리의 이야기를 쓸 것이라고 저 높은 곳에 씌어 있었는데, 그 사람이 이야기를 잘 썼는지 모르겠구나. 적어도 글재주는 있는 사람이었겠지?

자크   글재주가 없었다면 쓰지도 않았겠지요.

주인   뭐라고?

자크   글재주가 없는 사람이었다면 쓰지도 않았을 거라고 했습니다.

주인   (폭소하며) 너는 방금 네가 한낱 하인일 뿐이라는 사실을 증명해 보였구나. 너는 재능 있는 사람이 글을 쓴다고 생각하느냐? 언젠가 우리 둘을 만들어 낸 주인을 찾아온 젊은 시인은 어떻더냐?

자크   저는 시인을 알지 못합니다.

주인   네가 우리 주인에 대해 아무것도 모르는 모양이구나. 너는 아주 소양 없는 하인이야.

여인숙 여주인   (무대에 들어서며 자크와 주인을 향해 다가가 인사를 한다.) 어서 오세요, 손님.

주인   어서 오라니? 어디를 말이오, 부인?

여인숙 여주인   그랑세르 여인숙입니다.

주인   그런 이름은 처음 들어 보는데.

여인숙 여주인   탁자를 가져오너라! 의자도!

(종업원 두 명이 탁자와 의자를 들고 달려와 자크와 주인 앞에 놓는다.)

여인숙 여주인   나리들께서 길을 가시다가 우리 여인숙에 들러 식사도 하시고, 술도 마시고, 잠을 자고, 반경 400킬로 내에서는 누구도 따라올 수 없는 입담으로 유명한 여주인의 얘기를 듣는 걸로 씌어 있습니다.

주인   내 하인만으로 족하지 않다는 뜻인가!

여인숙 여주인   나리들께서는 뭘 드시겠습니까?

주인   (여주인을 탐욕스레 바라보며) 생각을 좀 해 봐야겠는걸.

여인숙 여주인   생각하실 것도 없습니다. 나리들께서 오리 고기와 감자와 포도주 한 병을 드시는 걸로 씌어 있습니다…….

(그녀가 나간다.)

자크   나리, 그 시인에 대해 저한테 한 말씀 하시려고 하시지 않았습니까.

주인   (여인숙 여주인에 홀린 채) 시인이라니?

자크   우리 둘의 주인을 찾아왔다는 시인 말입니다…….

주인   아! 어느 날, 웬 젊은 시인이 우리 주인 집을 찾아왔지. 우리를 만들어 낸 주인 말이다. 시인들은 종종 주인을 찾아와 귀찮게 하곤 했지. 젊은 시인들은 아직도 많아. 매년 40만 명씩이나 늘어나지. 프랑스에서만도 말이다. 교양이 부족한 나라들은 더해!

자크   그 사람들을 다 어떻게 하죠? 물에 빠뜨려 죽이나요?

주인   옛날엔 그랬지. 아주 옛날, 스파르타에서는 그랬지.

그곳에서는 시인이 태어나자마자 낭떠러지에서 바다로 떨어뜨렸어. 그러나 양식 있는 우리 시대에는 누구나 생애 마지막까지 살도록 허락되지.

여인숙 여주인   (포도주를 가져와 잔을 채우며) 포도주 좋아하세요?

주인   (포도주 맛을 보고 나서) 훌륭해! 병째 놔두시오. (여주인이 나간다.) 그러니까, 어느 날, 한 젊은 시인이 우리 주인 집에 나타나 호주머니에서 종이 한 장을 꺼냈지. "놀랄 일이군. 시잖나!" 우리 주인이 말했지. "네, 시입니다, 스승님. 제가 지은 시입니다. 제게 진실을 말씀해 주세요, 오직 진실만을." 시인이 말했어. "자네는 진실이 두렵지 않은가?" "두렵지 않습니다." 떨리는 목소리로 젊은 시인은 대답했지. 그러자 우리 주인은 이렇게 말했어. "이보게, 이 시는 자네 시가 똥만큼의 가치도 없을 뿐 아니라 자네가 더 나은 시를 절대로 쓰지 못하리라는 사실도 입증해 주었네!" "유감스럽군요. 그렇다면 평생 형편없는 시만 지어야겠군요." "젊은 시인, 자네에게 경고하겠네. 신들도, 인간도, 표지판조차도 시인의 평범함은 용서한 적이 없어!" "저도 압니다. 그렇지만 저로선 어쩔 도리가 없습니다. 충동 때문입니다."

자크   충…… 뭐라고요?

주인   충동. "무시무시한 충동이 제게 형편없는 시를 쓰게 부추깁니다." "다시 한 번 경고하겠네!" 하고 우리 주인이 외쳤지. 그러자 젊은 시인이 대답했어. "압니다. 선생님께서는 위대한 디드로이시고, 저는 형편없는 시인이라는 걸 압니다. 그렇지만 우리 형편없는 시인들 수가 더 많아서 언제나 다수일 것입니다! 온 인류가 형편없는 시인들로 이루어져 있습니다! 정신으로 보나 취향으로 보나 감정으로 보나 대중은 형편없는 시인들의 집합일 뿐입니다! 어떻게 형편없는 시인들이 다른 형편없는 시인들을 기분 나쁘게 할 수 있으리라고 생각하십니까? 형편없는 시인인 인류는 형편없는 시를 미친 듯이 좋아합니다! 바로 제가 형편없는 시를 쓰기 때문에 언젠가는 인정받는 위대한 시인이 될 것입니다."

자크   형편없는 청년 시인이 우리 주인에게 그렇게 말했습니까?

주인   한 마디도 안 틀리고 그대로.

자크   그 사람 말에 진실이 없는 것도 아니네요.

주인   물론 그렇지. 게다가 그 말은 내게 불경한 생각을 심어 주는구나.

자크   무슨 생각인지 알아요.

주인   네가 안다고?

자크   알아요.

주인   어디 말해 보거라.

자크   싫습니다. 나리께서 먼저 떠올린 생각이잖습니까.

주인   동시에 떠올렸잖느냐. 거짓말 말거라.

자크	나리께서 먼저 떠올렸습니다.
주인	그래, 좋다. 그 생각이 무엇이겠느냐? 얼른! 말해라!
자크	나리께서 떠올린 생각은 우리 주인이 어쩌면 형편없는 시인인지도 모른다는 것이지요.
주인	그 사람이 형편없는 시인이 아니라는 걸 누가 증명할 수 있겠느냐?
자크	우리가 다른 사람의 창작물이었더라면 더 나았을 거라고 생각하십니까?
주인	(곰곰이 생각하며) 경우에 따라 다르지. 우리가 진짜 위대한 작가의, 천재의 펜에서 나왔다면……. 분명히 그렇겠지.
자크	(슬픈 얼굴로, 잠시 뜸을 들이다가) 이게 슬픈 일이라는 것, 아시지요?
주인	뭐가 슬프냐?
자크	나리께서 당신 창조주에 대해 나쁘게 생각하고 계시니 말입니다.
주인	(자크를 쳐다보며) 나는 창조주를 그 작품으로 판단하는 것이다.
자크	우리는 우리를 만들어 낸 주인을 사랑해야 합니다. 우리가 그를 사랑해야 훨씬 행복할 겁니다. 훨씬 마음 편하고 우리에 대해서도 자신이 생길 겁니다. 그런데 나리께서는 더 나은 창조주를 원하십니다. 솔직히 말하자면 나리께서는 신성모독을 하고 계시는 겁니다.
여인숙 여주인	(쟁반에 음식을 내오며) 여기 오리 고기 나왔습

니다……. 다 드시면 포므레 부인 이야기를 해 드리지요.

자크   (불만스레) 다 먹고 나면 내가 어떻게 사랑에 빠지게 되었는지 얘기할 거요!

여인숙 여주인   누가 얘기를 할지는 당신 주인께서 결정하실 겁니다.

주인   아니오! 난 아니오! 저 높은 곳에 쓴 내용에 달린 일이지!

여인숙 여주인   저 높은 곳에는 제가 이야기 할 차례라고 씌어 있습니다.

(짧은 암전.)

(막)

2막

(동일한 무대 장치. 무대 앞에 놓인 탁자에 자크와 주인이 앉아서 식사를 끝내고 있다.)

1장

자크   제가 동정을 잃으면서 모든 게 시작되었습니다. 저는 술에 취했고, 아버지가 저를 두들겨 팼고, 마침 한 부대가 그곳을 지나갔고…….
여인숙 여주인   (들어서며) 맛이 있었습니까?
주인   아주 맛났네!
자크   기막히게 맛있었네!
여인숙 여주인   한 병 더 드릴까요?

주인 거절할 이유가 없지!

여인숙 여주인 (무대 뒤쪽을 돌아보며) 한 병 더……! (자크와 주인에게) 맛있는 저녁 식사 후에 두 분께 포므레 부인 이야기를 들려 드리겠다고 약속드렸지요…….

자크 맙소사! 주인장! 지금 내가 어떻게 사랑에 빠졌는지를 얘기하고 있지 않나!

여인숙 여주인 남자들은 쉽게 사랑에 빠지죠. 너무 쉽게 넘어가죠. 누구나 아는 사실입니다. 그러니 저는 그 오입쟁이들이 어떻게 벌받는지 가르쳐 줄 이야기를 들려 드리겠습니다.

자크 주인장, 거 입 한번 걸구먼! 그 입속에 18만 톤의 말이 잔뜩 들어, 재수 나쁜 귀를 만나면 쏟아부으려고 기다린 모양이지!

여인숙 여주인 참으로 교양 없는 하인이십니다. 자기가 재미있는 줄 알고 감히 숙녀의 말을 자르는군요.

주인 (나무라는 투로) 자크, 가만 좀 있거라…….

여인숙 여주인 그러니까 아르시라는 후작이 있었습니다. 재미난 오입쟁이였고, 믿기 힘들 정도로 바람둥이였죠. 한마디로 아주 호감 가는 사내였습니다. 그런데 여자를 존중하진 않았죠.

자크 그자가 잘한 거지.

여인숙 여주인 자크 나리, 제 말을 자르셨습니다.

자크 그랑세르 여인숙 주인장, 당신한테 한 말이 아니네.

여인숙 여주인 그 후작이 포므레 후작 부인이라는 분을 어렵

게 만났습니다. 품행도 단정하고, 혈통도 좋고, 재산도 있고, 고고한 기품까지 갖춘 과부였죠. 마침내 후작 부인이 넘어가 그를 행복하게 만들어 주기까지 후작은 시간과 노력을 많이 들여야 했습니다. 어쨌든 그 몇 년 후, 후작은 권태로워지기 시작했지요. 손님들, 제 말이 무슨 뜻인지 아시겠지요. 처음엔 부인에게 좀 더 외출을 하자고 제안했죠. 그리고 더 자주 손님을 초대하게 했고요. 그러다 부인이 손님을 초대했을 때 그 집에 가지 않기도 했죠. 늘 뭔가 바쁜 일이 있었죠. 참석하더라도 말을 거의 하지 않았고, 안락의자에 퍼질러 앉아 책을 들었다가 집어 던지기도 하고, 개랑 놀다가 후작 부인이 있는데도 잠이 들곤 했죠. 하지만 포므레 부인은 그를 여전히 사랑했기에 그 상황을 무척이나 괴로워했어요. 자존심이 센 분이었기에 부인은 화가 나서 끝내기로 결심했죠.

2장

(여인숙 여주인의 마지막 대사 동안 후작이 연단 뒤로 들어섰다. 그는 들고 온 의자를 놓고 흥미를 잃은 표정으로 빈둥거리며 앉아 있다.)

여인숙 여주인   (후작 쪽을 돌아보며) 이봐요, 당신…….

목소리　(무대 뒤에서) 마님!

여인숙 여주인　(무대 뒤를 향해) 무슨 일이야?

목소리　(무대 뒤에서) 찬장 열쇠요!

여인숙 여주인　못에 걸려 있어……. (후작에게) 이봐요, 당신, 꿈을 꾸고 있군요…….

(그녀는 연단 위로 올라 후작 곁으로 다가간다.)

후작　후작 부인, 당신도 꿈을 꾸는군요.

여인숙 여주인　맞아요. 꽤 슬픈 꿈을 꾸고 있어요.

후작　무슨 일이오, 후작 부인?

여인숙 여주인　아무것도 아니에요.

후작　(늘어지게 하품을 하며) 그건 사실이 아니군요! 자, 부인, 말해 보시오. 그러면 권태가 사라질 겁니다.

여인숙 여주인　권태로우세요?

후작　아니오, 아니오……! 그렇지만 어떤 날에는…….

여인숙 여주인　우리가 같이 있을 때도 권태로워하시는…….

후작　아니오! 당신이 틀렸소……. 하느님만 아시는……. 그런 날들이 있소…….

여인숙 여주인　오래전부터 당신께 고백하고 싶었어요. 그런데 당신 마음을 다치게 할까 겁이 나요.

후작　당신이 내 마음을 다치게 할지 모른다고, 당신이?

여인숙 여주인　저도 어쩔 수 없는 일이라는 걸 하느님은 아실 거예요.

목소리   (무대 뒤에서) 마님!

여인숙 여주인   (무대 뒤로 돌아보며) 장, 날 방해하지 말라고 했잖아. 나리를 불러!

목소리   나리가 안 계세요!

여인숙 여주인   나더러 어쩌라고?

목소리   짚 장수가 왔어요.

여인숙 여주인   돈을 줘서 보내……. (후작에게) 그래요, 후작님. 저도 모르게 일어난 일이에요. 그래서 마음이 아파요. 밤이면 저는 마음속으로 묻고 생각한답니다. 후작님께서는 사랑받을 자격이 부족하단 말인가? 그분에게 비난할 점이 있는가? 그분이 불충했는가? 아니다! 그런데 왜 내 마음이 변했을까. 그분 마음은 여전한데. 그분이 늦도록 오지 않아도 예전처럼 불안하지도 않고, 그분이 와도 예전처럼 감미로운 설렘이 없어.

후작   (기뻐하며) 정말이오?

여인숙 여주인   (두 손으로 눈을 가리며) 아, 후작님, 절 원망하지 말아 주세요……. 아니, 원망하세요. 저는 원망을 받아 마땅해요……. 그러나 이런 마음을 제가 감춰야 했을까요? 당신은 그대로인데 제가 변했어요. 그래서 저는 당신을 그 어느 때보다 존경합니다. 저는 저를 속이고 싶지 않습니다. 사랑이 제 마음을 떠났어요. 끔찍한 발견이지만 사실이에요.

후작   (행복한 얼굴로 그녀 무릎에 매달리며) 당신은 매혹적이오. 그 어느 여자보다 매혹적이오. 당신은 참으로 나를 기쁘게 하는구려! 당신의 솔직함이 나를 부끄럽게 하오. 당신은 나를 능가하오! 당신에 비해 나는 얼마나 작은 존재인지! 당신 마음에 대한 얘기 한 마디 한 마디가 바로 내 얘기요. 그렇지만 나는 말할 용기가 나지 않았소.

여인숙 여주인   사실이에요?

후작   그 무엇보다 사실이오. 우리를 이어 주었던 빈약하고 헛된 감정을 우리가 동시에 잃은 것에 기뻐할 일만 남았소.

여인숙 여주인   사실, 상대가 사랑하지 않는데 한 사람만 여전히 사랑하는 건 참으로 불행한 일이죠.

후작   당신이 지금만큼 아름다워 보인 적이 없었소. 경험이 나를 조심하게 만들지만 않았더라도 난 그 어느 때보다 당신을 사랑한다고 말할 것 같소.

여인숙 여주인   그런데 후작님, 우리는 이제 어쩌죠?

후작   우리는 서로를 속이지도 않았고, 거짓말을 하지도 않았소. 당신은 내게 존경받을 권리가 있고 나도 당신 존경을 받을 권리를 완전히 잃은 것 같진 않소. 우리는 좋은 친구가 될 수 있소. 사랑의 간계에서 서로를 도울 수도 있을 거요! 어느 날 무슨 일이 일어나게 될지 또 누가 알겠소…….

자크   저런, 누가 알겠어?

후작   어쩌면…….

목소리   (무대 뒤에서) 마누라는 어디 갔지?

여인숙 여주인 (무대 뒤를 향해 기분 나쁜 말투로) 당신 뭘 원하는 거야?

목소리 (무대 뒤에서) 아무것도 아냐!

여인숙 여주인 (자크와 주인에게) 손님들, 정말이지 미치겠습니다! 이 외진 곳에서 모두들 잠들었으니 마침내 조용하겠구나 싶었는데 저 사람이 나를 부르는군요. 저 늙어 빠진 말이 얘기의 끈을 놓치게 만드는군요…….

(그녀는 연단을 내려간다.)

나리들, 제게 동정을 베풀어 주세요…….

3장

주인 기꺼이 동정을 베풀지, 주인장. (여주인의 엉덩이를 철썩 친다.) 그렇지만 당신에게 칭찬도 해야겠소. 당신은 이야기를 기막히게 잘하는군. 방금 희한한 생각이 하나 떠올랐네. 당신이 방금 늙어 빠진 말 취급을 한 당신 남편 대신에 여기 있는 자크를 배우자로 둔다면 어떤 일이 벌어질까?

자크 제가 할아버지와 할머니 집에서 보낸 세월 동안 벌어진 일 그대로겠지요. 그분들은 아주 진지했습니다. 그분들은 일어나면 옷 입고 일하러 갔죠. 점심을 먹고 나면 다시 일하러 갔고요. 저녁이면 할머니는 바느질을 했고, 할아버지는 성경을 읽었고, 하루 종일 누구 한 사람 입을 열지 않았죠.

주인   그러면 너는 뭘 했느냐?

자크   저는 입마개를 물고 방에서 뛰어다녔죠!

여인숙 여주인   입마개를 물고요?

자크   할아버지가 조용한 걸 좋아하셨거든요. 그래서 저는 제 인생의 첫 십이 년을 입마개를 물고 살았습니다…….

여인숙 여주인   (무대 뒤를 향해 돌아보며) 장?

목소리   (무대 뒤에서) 네…….

여인숙 여주인   술 두 병! 손님들한테 내놓는 것 말고. 나뭇단 뒤쪽 구석에 깊이 숨겨 둔 걸로 가져와!

목소리   알았어요!

여인숙 여주인   자크 나리, 제가 생각을 바꾸었어요. 당신은 애처로운 분이군요. 당신이 입에 입마개를 문 모습을 방금 상상했어요. 얼마나 말을 하고 싶었겠어요. 당신에게 무한한 애정이 느껴져요. 아시겠어요……? 사이좋게 지냅시다. (서로 끌어안는다.)

(종업원 장이 들어와 탁자 위에 술병 두 개를 올려놓는다. 술병을 따고 잔 세 개를 채운다.)

여인숙 여주인   나리들, 평생 이보다 더 좋은 술은 마시지 못하실 겁니다.

자크　주인장, 당신은 정말이지 멋진 여자였겠네!

주인　상스러운 놈! 우리 여주인은 지금도 멋진 여자야!

여인숙 여주인　이젠 옛날 같지 않죠. 옛날에 보셨어야 하는 건데! 그렇지만 넘어갑시다……. 포므레 부인 얘기로 돌아갑시다…….

자크　(잔을 들며) 먼저 당신이 머리를 돌게 한 모든 사내들의 건강을 위해 한잔합시다!

여인숙 여주인　좋지요. (잔을 부딪치고 술을 마신다.) 그럼 포므레 부인 얘기로 돌아갑니다.

자크　그전에 후작의 건강을 위해 마십시다. 난 그 사람이 걱정되네요.

(그들은 다시 잔을 부딪치고 마신다.)

4장

(앞선 장면의 마지막 대사를 하는 동안 어머니와 딸이 무대 뒤쪽에서 연단 위로 등장한다.)

여인숙 여주인　후작 부인이 얼마나 화가 났을지 상상이 되십니까? 부인이 후작에게 더 이상 사랑하지 않는다고 알렸더니 후작이 기뻐서 펄쩍 뛰었으니 말입니다! 나리들, 후작 부인은 자존심이 강한 여자였답니다! (어머니와 딸 쪽을 돌아본다.) 후작 부인은 저 두 사람을 다시 만났죠. 부인이 예전에 알았던 사람들입니다. 어머니와 딸이에요. 저들은 소송 때문에 파리로 호출되었는데 소송에 지는 바람에 파산했죠. 어머니는 도박장을 운영하는 신세가 되고 말았어요.

어머니　(연단 위에서) 필요가 법을 만드는 법이지. 난 내 딸을 오페라단에 넣으려고 무던히 애썼지. 그런데 저 우둔한 딸년의 목소리가 따발총 같으니 그게 어디 내 잘못이야!

여인숙 여주인　도박장엔 사내들이 드나들며 노름을 하고 밥을 먹곤 했는데, 늘 한두 사람은 남아서 딸이나 어머니와 밤을 보내곤 했죠. 말하자면…….

자크　그렇군. 말하자면……. 그래도 저 사람들의 건강을 위해서도 잔을 들자고요. 저 여자들도 저만하면 꽤 쓸 만하니까.

(자크가 잔을 들자 세 사람은 잔을 부딪치고 술을 마신다.)

어머니　(여인숙 여주인에게) 후작 부인, 솔직히 말씀드리자면 저희는 민감하고 위험한 일을 하고 있습니다.

여인숙 여주인　(연단 위로 올라 그녀 쪽으로 향하며) 그 바닥에서 당신들이 아주 많이 알려지지는 않았겠죠?

어머니　다행히 그렇진 않습니다. 저희…… 가게는…… 함부르크 거리에 있는데…… 꽤 외곽이거든요…….

여인숙 여주인 그 직업에 애착이 많지 않았으면 좋겠군요. 당신들에게 아주 찬란한 운명을 경험하게 해 줄 생각인데, 괜찮죠?

어머니 (고마워하며) 아, 후작 부인!

여인숙 여주인 그렇지만 당신들이 내 손가락 하나, 눈짓 하나에도 확실하게 내 말을 따라야 합니다.

어머니 저희를 믿으세요.

여인숙 여주인 좋아요. 집으로 돌아가세요! 가구를 파세요. 그리고 요란한 옷들도 파세요.

자크 (잔을 들며) 저는 아가씨의 건강을 위해 마시겠어요. 침울한 표정인데 아마도 매일 밤 주인을 바꾸느라 그렇겠죠.

여인숙 여주인 (연단 위에서 자크에게) 비웃지 말아요. 때로는 얼마나 역겨운지 당신이 알기나 해요? (두 여자에게) 당신들을 위해 작은 아파트를 빌려 주겠어요. 그리고 최대한 소박하게 가구를 채워 주겠어요. 미사를 다녀올 때만 외출하세요. 거리를 다닐 때는 눈을 내리깔고 꼭 붙어 다니세요. 그리고 하느님 얘기만 하세요. 그리고 당연히 나는 당신들 집에는 가지 않을 겁니다. 나는 그렇게 성스러운 여자들을 만날 자격이 없으니까요……. 자, 이제 시킨 대로 하세요!

(두 여자가 나간다.)

주인 저 여자가 난 무서워.

여인숙 여주인 (무대 위에서 주인에게) 나리는 아직 저 여자를 모르시는 겁니다.

5장

(후작이 무대 반대편에서 막 들어서더니 여인숙 여주인의 팔을 살짝 건드린다. 여주인이 그를 향해 놀란 눈길을 던진다.)

여인숙 여주인 오, 후작님! 당신을 보니 정말 기뻐요! 당신 연애가 어디까지 진행되었었죠? 그 어린 여자들은요?

(후작이 여주인의 팔을 붙잡고, 두 사람은 천천히 연단 위를 오간다. 그가 그녀 쪽으로 몸을 기울이더니 질문에 대한 대답으로 귀에 대고 무언가를 속삭인다.)

주인 저길 좀 봐, 자크! 저 후작이 여자에게 모든 걸 얘기하고 있어! 추잡한 놈이 천진하기도 하지!

여인숙 여주인 존경스럽군요. (후작이 다시 그녀 귀에 대고 속삭인다.) 당신은 여전히 여자들한테 인기가 좋군요!

후작 당신은 나한테 털어놓을 게 전혀 없소? (여인숙 여주인이 고개를 젓는다.) 그 키 작은 백작 있잖소. 그 끈질긴 난쟁이는…….

여인숙 여주인   그 사람은 이제 안 만나요.
후작   저런! 왜 그 난쟁이를 찼소?
여인숙 여주인   마음에 안 들어서죠.
후작   그 사람이 어째서 당신 마음에 안 든단 말이오? 난쟁이 중에 가장 사랑스러운 난쟁인데! 혹시 아직도 나를 사랑하시오?
여인숙 여주인   그런지도 모르죠…….
후작   내가 돌아오리라 믿고서 비난받을 일 없도록 처신하시는 거요?
여인숙 여주인   그럴까 봐 겁나세요?
후작   당신은 위험한 여자요!

(후작과 여인숙 여주인은 마치 산책이라도 하듯 연단 위를 거닌다. 다른 커플이 걸어오다가 그들과 마주친다. 어머니와 딸이다.)

여인숙 여주인   (놀란 척하며) 아, 세상에 이럴 수가! (후작의 팔을 놓고 두 여자를 향해 다가간다.) 부인 아니세요?
어머니   네, 접니다…….
여인숙 여주인   어떻게 지내세요? 그동안 어떻게 되신 겁니까?
어머니   저희 불행을 잘 아시지 않습니까. 저희는 은둔해서 검소하게 살아가고 있습니다.
여인숙 여주인   은둔해서 사시는 건 좋지만 왜 저한테까지 연락을 끊으시고…….
딸   부인. 제가 어머니께 열 번도 더 말씀드렸는데 그저 이렇게만 말씀하셨어요. "포므레 부인 말이냐? 우리를 분명히 잊으셨을 거야."

여인숙 여주인 무슨 그런 말씀을! 두 분을 만나니 정말 기쁘군요. 이분은 아르시 후작이에요. 제 친구죠. 같이 있어도 거북하시지 않을 겁니다. 따님이 많이 컸군요!

(네 사람은 산책을 계속한다.)

주인 이봐, 자크. 저 여인숙 여주인이 난 마음에 들어. 이 여인숙에서 태어나지 않은 게 분명해. 신분이 다른 여자야. 그런 건 내가 잘 맞히지.

여인숙 여주인 정말이지! 아가씨가 예뻐지셨네요!

주인 달려들어도 좋겠어. 멋진 암컷이야.

후작 (두 여자에게) 좀 더 계세요! 가지 마세요!

어머니 (수줍어하며) 아니에요, 아니에요. 저녁 미사에 가야 합니다. 가자, 오너라!

(두 여자가 인사를 하고 멀어진다.)

후작 세상에, 후작 부인, 저 여자들은 누구입니까?

여인숙 여주인 내가 아는 사람 중에 가장 행복한 사람들입니다. 저 평온한 모습, 보셨죠? 저 평화로운 모습, 보셨죠? 은둔해서 사는 게 큰 지혜처럼 보입니다.

후작 후작 부인, 우리의 결별이 당신을 저렇게 슬픈 지경으로 몰아넣었다면 난 양심의 가책을 느꼈을 거요.

여인숙 여주인 제가 그 키 작은 백작에게 문을 다시 열면 좋으시겠습니까?

후작 난쟁이 말이오? 물론이오.

여인숙 여주인 저더러 그렇게 하라는 말씀이신가요?

후작 물론이오.

(여인숙 여주인이 연단을 내려간다.)

여인숙 여주인 (화가 나서, 자크와 주인에게) 들으셨죠?

(그녀는 탁자 위에 놓인 잔을 들고 마신다. 그런 다음 연단 끝에 앉는다. 후작도 그녀 곁에 앉는다. 그녀가 말을 잇는다.)

참으로 난 늙은 것 같군요! 저 아이를 처음 보았을 때 사과 세 개 정도 키밖에 되지 않았는데.

후작 그 부인의 딸 말이오?

여인숙 여주인 네. 봉우리가 막 맺힌 장미를 대하니 제가 시든 장미가 된 기분입니다. 그 아이를 보셨습니까?

후작 물론 보았소.

여인숙 여주인 그 아이를 어떻게 생각하세요?

후작 라파엘로의 처녀 같았소.

여인숙 여주인 그 눈길!

후작 그 목소리!

여인숙 여주인   그 살결!

후작   그 걸음걸이!

여인숙 여주인   그 미소!

자크   맙소사, 후작, 그런 식으로 계속 가다간 절대 빠져나오지 못할 거요!

여인숙 여주인   (자크에게) 당신 말이 맞아요. 그는 못 빠져나갈 겁니다!

(그녀는 일어나서 잔을 들고 마신다.)

후작   그 몸매!

(이렇게 말하고 일어나서 나간다.)

여인숙 여주인   (자크와 주인에게) 그가 미끼를 물었어요.

자크   주인장, 저 후작 부인은 괴물이오.

여인숙 여주인   그러면 후작은요? 그 아이를 사랑하지 않으면 될 것 아닙니까!

자크   주인장, 당신은 아마 '칼집과 칼' 우화를 알지 못할 거요.

주인   나한테 한 번도 얘기한 적이 없지 않느냐!

6장

(후작이 여인숙 여주인 곁으로 돌아와 애원하는 목소리로 말을 시작한다.)

후작 저, 후작 부인, 당신 친구 모녀를 보셨소?

여인숙 여주인 (자크와 주인에게) 얼마나 몸이 달았는지 보이시죠?

후작 당신이 그러는 건 잘못하는 거요! 그렇게 가난한 분들을 식사에 초대도 안 하시다니…….

여인숙 여주인 초대를 했지만 소용없었어요. 그리고 놀라지 마세요. 그분들이 저를 만난다는 걸 사람들이 알면, 포므레 부인이 그들을 보호하니 앞으로 자선을 베풀지 않겠다고 말할 겁니다.

후작 네? 그분들이 자선으로 생활합니까?

여인숙 여주인 네. 성당의 자선으로 살지요.

후작 당신 친구인데 자선으로 생활한단 말이오!

여인숙 여주인 후작님, 우리같은 다른 세계 사람들은 경건한 영혼의 섬세함을 이해하기 어렵습니다. 그분들은 아무에게나 도움을 받지 않아요. 순수하고 오점 없는 사람의 도움만 받지요.

후작 내가 그 사람들을 찾아가 보았다는 사실을 아시오?

여인숙 여주인 그러다간 그 사람들을 잃게 될 위험이 있어요. 그 젊은 아가씨의 매력 때문에라도 사람들은 험담을

해 댈 겁니다!

후작 (한숨을 내쉬며) 잔인하군…….

여인숙 여주인 (음험한 표정으로) 그렇죠. 잔인하죠. 꼭 들어맞는 말이군요.

후작 후작 부인, 나를 놀리시는군요.

여인숙 여주인 당신에게 슬픈 일이 닥치지 않게 해 주려는 겁니다. 후작님이 괴로워하시는 것 같아서요! 그 젊은 아가씨를 후작님이 알아 온 여자들과 혼동하지 마세요. 아가씨는 유혹에 넘어가지 않을 겁니다. 목적을 달성하시지 못할 겁니다!

(후작이 좌절한 얼굴로 무대 안쪽으로 멀어진다.)

자크 저 후작 부인은 악랄하군요.

여인숙 여주인 (자크에게) 자크 나리, 남자들을 옹호하지 마세요. 포므레 부인이 후작을 얼마나 사랑했는지 잊었습니까? 부인은 여전히 그를 사랑한답니다. 후작이 하는 말 한 마디 한 마디가 부인에겐 가슴을 찌르는 단도랍니다! 지금 벌어지고 있는 일이 두 사람 모두에게 지옥이라는 걸 보지 못한단 말입니까?

(후작이 여인숙 여주인 쪽으로 돌아온다. 여인숙 여주인이 그를 향해 눈을 든다.)

여인숙 여주인 세상에, 후작님, 안색이 안 좋으시군요!

후작 난 오직 한 가지 생각뿐이오. 더는 견딜 수가 없소. 잠도 못 자고, 먹지도 못하오. 보름 동안 배에 구멍 난 사람처럼 술을 마셔 댔고, 수도사처럼 경건한 생활을 했소. 성당에서 그녀를 볼 수 있을까 하고……. 후작 부인, 그녀를 다시 볼 수 있게 해 주시오! (후작 부인, 한숨을 내쉰다.) 당신은 하나뿐인 나의 친구잖소!

여인숙 여주인 기꺼이 도와드리고 싶지만 어려워요. 제가 당신과 한 편이라는 걸 그녀가 알아서는 안 돼요…….

후작 제발 애원하오!

여인숙 여주인 (그를 흉내 내며) 제발 애원합니다! (그러다 차갑게) 당신이 사랑에 빠졌건 말건 나랑은 상관없는 일이잖아요! 내가 무엇 때문에 내 인생을 복잡하게 만들어야 하죠? 알아서 하세요!

후작 제발 간청하오! 당신이 나를 버리면 난 끝장이오. 나를 위해서가 아니라면 그 숙녀들을 생각하시오! 이제 더는 나도 내 행동을 책임질 수 없다는 걸 아시오! 그 사람들의 집 대문을 부수고 들어가 내가 무슨 짓을 할지 모르겠소!

여인숙 여주인 좋아요……. 당신 원하는 대로 하죠. 그렇지만 적어도 모든 걸 준비할 시간을 좀 주세요…….

(무대 안쪽에서 하인들이 식탁과 의자를 설치한다. 후작이 나간다…….)

7장

여인숙 여주인   (어머니와 딸이 들어서고 있는 무대 안쪽을 향해) 어서 오세요, 이리 와요. 나랑 같이 앉으세요. 이제 시작할 겁니다. (여자들은 무대 안쪽 탁자에 앉는다. 이제 무대 위에는 탁자가 두 개다. 하나는 자크와 그 주인이 있는 아래쪽에 있고, 다른 하나는 연단 위에 있다.) 후작이 오면 모두 깜짝 놀란 척하세요. 그렇지만 몸가짐을 흐트러뜨리지는 마세요!

자크   (여인숙 여주인에게 외치며) 주인장! 그 여자는 창녀잖소!

여인숙 여주인   (위쪽 탁자에 앉은 채 아래쪽 탁자에 앉은 자크에게) 자크 나리, 그러면 후작은 천사랍니까?

자크   그 사람이 어째서 천사여야 하지? 남자는 천사 아니면 짐승 외에 다른 선택의 여지가 없소? 당신이 '칼집과 칼' 우화를 안다면 훨씬 현명해지실 텐데.

후작   (여자들 가까이 다가가며 놀란 척한다.) 오……. 제가 방해를 한 것 같군요!

여인숙 여주인   (역시나 놀란 척하며) 정말이지……. 후작님을 보게 될 줄은 몰랐어요…….

주인   연기도 잘하네!

여인숙 여주인   이렇게 오셨으니 함께 식사를 하시지요.

(후작은 숙녀들의 손에 입을 맞추고 자리에 앉는다.)

자크   장담하지만 나리께서 결코 재미있어 하시지 않을 텐데요. 그동안 '칼집과 칼' 우화나 들려드리죠.

후작   (숙녀들의 대화에 끼어들며) 저도 여러분 생각에 전적으로 동의합니다. 인생의 쾌락이 다 무엇이겠습니까? 먼지와 연기일 뿐이죠. 제가 가장 존경하는 사람이 누군지 아십니까?

자크   나리, 저 사람 말을 듣지 마세요!

후작   모르세요? 탑에서 고행하는 시메옹 성자입니다. 저의 수호성인이시죠.

자크   '칼집과 칼' 우화는 모든 도덕 가운데 최고의 도덕이고, 모든 학문의 토대죠.

후작   숙녀분들, 생각해 보세요! 시메옹 성자는 사십 년 동안 40미터 기둥 위에서 하느님께, 40미터 높이 기둥 위에서 인생의 사십 년 동안 기도하며 보낼 힘을 달라고 기도하며 지냈습니다······.

자크   나리, 저 말을 듣지 마세요!

후작   ······40미터 기둥 위에서 인생의 사십 년을 보낼 힘을 달라고 기도하기 위해 기둥 위에서 인생의 사십 년을 보내며······.

자크   제 말을 들으세요! 어느 날, 칼집과 칼은 체면 안 차리고 싸웠죠. 칼이 칼집에게 말했어요. 내 사랑 칼집, 당신은 대단한 매춘부요. 매일 새로운 칼을 받아들이니. 그러자 칼집이 칼에게 대답했죠. 내 사랑, 칼. 당신은 대단한 개자식이에요. 매일 칼집을 바꾸니까요.

후작	숙녀분들, 상상해 보세요! 40미터 높이 기둥 위에서 인생의 사십 년을 보내다니요!
자크	말다툼은 식탁에서 시작되었어요. 칼집과 칼 사이에 앉은 사람이 말했죠. 친애하는 칼집, 그리고 친애하는 칼, 당신들이 칼과 칼집을 바꾸는 건 잘한 겁니다. 그러나 안 바꾸기로 맹세한 날, 치명적인 실수를 범한 겁니다. 칼, 하느님이 당신을 여러 칼집에 들어가도록 만들었다는 걸 아직도 모르겠소?
딸	그 기둥 높이가 정말 40미터였어요?
자크	그리고 당신, 칼집은 하느님이 당신을, 많은 칼을 받아들이도록 만들었다는 걸 깨닫지 못했습니까?

(주인은 연단을 쳐다보지 않고 자크의 말을 들었다. 마지막 말이 끝나자 그가 웃는다.)

후작	(애정을 담아 다정하게) 그렇소, 아가씨. 40미터 높이가 맞아요.
딸	시메옹 성자는 어지럼증이 없었나 봐요?
후작	아니오. 어지럼을 느끼지 않았던 거요. 왜 그런지 아시오?
딸	아뇨.
후작	왜냐하면 기둥 위에서 그분은 절대 아래를 내려다보지 않았기 때문이오. 늘 하느님을 향해 위쪽만 바라보았소. 위를 바라보는 사람은 절대 현기증을 느낄 수

			없지요.
숙녀들	(놀라며) 그렇군요!
주인	자크!
자크	네.
후작	(숙녀들 곁을 떠나며) 제게는 큰 영광이었습니다. (멀어진다.)

후작	(재밌다는 듯이) 네 우화는 부도덕하구나. 난 그걸 거부하고, 부인하련다. 그리고 그 우화를 무가치하고 무효라고 선언하겠다.
자크	그렇지만 나리 마음에 드셨잖아요!
주인	그게 문제가 아니야! 누구 마음엔들 안 들겠냐? 물론 내 마음에 들었지!

(무대 안쪽에서 하인들이 탁자와 의자 들을 치운다. 자크와 주인이 다시 연단을 바라본다. 후작이 여인숙 여주인에게 다가간다.)

8장

여인숙 여주인	자, 후작님, 프랑스 방방곡곡을 뒤진들 당신을 위해 나처럼 해 줄 여자를 찾을 수 있겠어요?
후작	(그녀 앞에 무릎을 꿇으며) 당신은 내 유일한 친구요…….
여인숙 여주인	다른 얘기를 합시다. 당신 마음은 뭐라고 합니까?

후작   그 아이를 가지지 않으면 죽을 것 같소.

여인숙 여주인   당신 목숨을 구할 수만 있다면 저야 기쁘죠.

후작   이 일이 당신을 화나게 만든다는 걸 알지만 당신한테 털어놓지 않을 수 없소. 내가 그분들에게 편지를 한 통 보냈소. 그리고 보석상자 하나도 보냈소. 그런데 그분들이 둘 다 내게 돌려보냈다오.

여인숙 여주인   (엄하게) 후작님, 사랑이 당신을 망가뜨리고 있군요. 저 가련한 여자들이 당신한테 무엇을 했다고 그들을 더럽히시는 겁니까? 덕성을 보석 몇 개로 살 수 있다고 생각하십니까?

후작   (여전히 무릎을 꿇은 채) 날 용서하시오.

여인숙 여주인   제가 미리 경고드렸는데도 당신은 달라지지 않는군요.

후작   친애하는 친구여, 난 마지막 시도를 하고 싶소. 도시에 있는 내 집들 가운데 한 채와 시골에 있는 집 한 채를 그분들 소유로 해 주고 싶소. 그리고 그들에게 내 재산의 반을 주겠소.

여인숙 여주인   좋으실 대로 하세요……. 그렇지만 명예는 값을 매길 수 없는 거예요. 저는 그분들을 알아요.

(그녀는 후작에게서 멀어진다. 후작은 무릎을 꿇은 채 무대에 남아 있다. 무대 반대편에서 나온 어머니가 여인숙 여주인 쪽으로 다가가 그녀 앞에 무릎을 꿇는다.)

어머니 후작 부인, 저 제의를 거절하지 않게 해 주세요! 저렇게 큰 재산을! 저렇게 큰 부를! 저렇게 큰 영화를!

여인숙 여주인 (여전히 무릎을 꿇고 있는 어머니에게) 내가 무슨 짓을 했는지 당신이 짐작이나 해요? 내가 이 일을 당신들의 행복을 위해 했겠어요? 당신은 후작의 제의를 즉각 거부하세요.

자크 저 여자는 뭘 더 원하는 거지?

여인숙 여주인 (자크에게) 그녀가 원하는 거요? 물론 저 두 여자를 행복하게 해 주려는 건 아니죠. 저 여자들은 그녀에게 아무 존재도 아니에요, 자크 나리! (어머니에게) 내 말을 따르든지 아니면 당신들을 매음굴로 보내 버리겠어요!

(그녀는 어머니에게 등을 돌리고 여전히 무릎을 꿇고 있는 후작을 마주 대한다.)

후작 아, 친구여, 당신 말이 맞았소. 그분들이 거절했소. 난 절망했다오. 내가 어떻게 해야 하오? 아, 후작 부인, 내가 무슨 결심을 했는지 아시겠소? 그녀와 결혼하겠소.

여인숙 여주인 (놀란 척하며) 후작님, 중요한 일이니 심사숙고하세요.

후작 숙고한들 무슨 소용이겠소! 지금보다 더 불행할 수는 없소.

여인숙 여주인 너무 서두르지 마세요, 후작님. 당신 인생이 송두리째 걸린 문제니 서두르면 안 됩니다. (곰곰이 생각하는 척하며) 저 여성들이 덕이 높은 건 확실합니다. 저들의 마음은 수정처럼 순수하죠……. 어쩌면 당신 생각이 옳은지도 모르겠어요. 가난은 악덕이 아니니까요.

후작 그 사람들을 만나 주시오. 부탁이오. 그리고 내 의향을 알려 주시오.

(여인숙 여주인은 후작 쪽으로 몸을 돌려 그에게 손을 내민다. 후작이 다시 일어서고, 두 사람은 마주 보고 선다. 후작 부인이 미소를 짓는다.)

여인숙 여주인 좋아요. 그러겠다고 약속드리죠.

후작 고맙소.

여인숙 여주인 제가 당신을 위해 무엇인들 안 하겠어요.

후작 (갑자기 행복해하며) 그런데 내게 하나뿐인 진정한 친구인 당신은 왜 결혼하지 않소?

여인숙 여주인 누구랑 말입니까, 후작님?

후작 그 키 작은 백작과 말이오.

여인숙 여주인 그 난쟁이요?

후작 그 사람에겐 재산도 있고, 지성도 있고…….

여인숙 여주인 그 사람의 충절은 누가 보증해 준답니까? 설마 당신이?

후작　　남편의 충절은 없어도 괜찮소.

여인숙 여주인　아니에요, 아니에요. 전 아닙니다. 그러면 저는 화가 날 거예요. 그리고 저는 복수심 강한 여자랍니다.

후작　　당신 복수심이 강하다면 우리 같이 복수합시다. 거, 괜찮겠군. 이런 건 어떻소? 우리 넷이서 빌라 하나를 빌려 네잎 클로버처럼 행복하게 지내는 거요.

여인숙 여주인　나쁘지 않겠군요.

후작　　당신의 난쟁이가 거슬리면 당신 침대 머리맡 탁자 위에 놓인 화병에 집어넣어 버립시다.

여인숙 여주인　당신 제안은 아주 마음에 들지만 저는 결혼하지 않겠어요. 제가 결혼할 수 있을 유일한 남자는……

후작　　나요?

여인숙 여주인　이제는 겁낼 것 없이 털어놓을 수 있겠군요.

후작　　왜 좀 더 일찍 털어놓지 않았소?

여인숙 여주인　보아하니 제가 잘한 것 같아요. 당신이 선택한 여자가 저보다는 당신한테 훨씬 잘 어울리는 것 같아요.

(하얀 웨딩드레스 차림을 한 딸이 무대 안쪽에서 천천히 걸어 나온다. 후작이 그녀를 보고는 마법에 걸린 사람처럼 맞이하러 다가간다.)

후작　　후작 부인, 죽을 때까지 당신에게 감사하겠소…….

(그는 딸을 맞이하러 천천히 걸어간다. 두 사람은 서로를 끌어안은 채 오래도록 서 있다.)

9장

(후작과 딸이 오래도록 포옹을 나누는 동안 여인숙 여주인은 그들에게서 눈을 떼지 않은 채 천천히 뒷걸음으로 연단 반대편을 향해 간다. 그러다 후작을 부른다.)

여인숙 여주인 후작님!

(후작은 그녀 말에 주의를 기울이지 않고 딸을 얼싸안고 있다.)

여인숙 여주인 후작님! (후작이 겨우 고개를 돌린다.) 첫날밤엔 만족하십니까?
자크 맙소사! 어떻게 저런!
여인숙 여주인 저도 아주 기분이 좋군요. 이제 내 말을 들으세요. 당신은 정숙한 여자를 가졌는데 지킬 줄을 몰랐죠. 그 여자란 바로 접니다. (자크가 웃음을 터뜨린다.) 저는 당신한테 어울릴 만한 여자와 당신을 결혼시켜 복수를 했죠. 함부르크 거리로 가 보면 당신 부인이 어떻게 돈벌이를 했는지 알게 될 겁니다! 당신 부인과 당신 장모가 말입니다!

(딸이 후작의 발에 매달린다.)

후작   더러운 여자…… 더러운…….
딸   (후작의 발에 매달린 채) 후작님, 저를 밟으세요. 저를 짓밟으세요…….
후작   저리 가시오, 더러운 여자 같으니…….
딸   저를 당신 마음대로 처분하세요…….
여인숙 여주인   후작, 달려가 보세요! 함부르크 거리로 가 보세요! 그곳에 기념비나 하나 세우시지요. 아르시 후작 부인이 몸을 판 곳이라고요.

(여인숙 여주인이 싸늘하게 웃는다.)

딸   (후작 발밑에서) 후작님, 저를 불쌍히 여겨 주세요…….

(후작이 발길질로 밀치자 딸은 그의 다리를 잡으려고 애쓴다. 그러나 그는 멀어진다. 딸은 바닥에 쓰러진 채 남는다.)

자크   조심하시오, 주인장! 이게 이 이야기의 끝일 리가 없으니까!
여인숙 여주인   끝이 맞아요. 무엇이 되었건 여기다 덧붙일 생각 말아요.

(자크가 연단 위로 뛰어오르더니 조금 전에 후작이 섰던 자리에서

꼼짝 않는다. 딸이 그의 다리를 붙든다.)

딸		후작님, 애원합니다. 적어도 당신의 용서를 받을 수 있으리라는 희망은 남겨 주세요!
자크		일어나시오.
딸		(엎드린 채 그의 다리를 붙잡고서) 당신 뜻대로 저를 처분하세요. 무엇이건 달게 받겠어요.
자크		(감동한 목소리로 진지하게) 일어나라고 하지 않소⋯⋯. (딸은 감히 일어나지 못한다.) 수많은 정숙한 여자들이 추잡한 여자로 변했소. 왜 한 번쯤은 그 반대의 일이 일어나지 못하겠소? (다정하게) 방탕한 생활이 당신을 살짝 스쳤을 뿐이라고 난 믿소. 절대로 당신에게 타격을 입히지 않았다고 말이오. 일어나시오. 내 말 알아듣겠소? 내가 당신을 용서했단 말이오. 가장 수치스러운 순간에도 나는 당신을 내 아내로 보는 걸 포기하지 않았소. 정숙하고 충절을 지키고 행복하시오. 그리고 나도 행복하게 해 주시오. 나는 당신에게 다른 건 아무것도 요구하지 않소. 일어나시오, 부인. 후작 부인, 일어나시오! 일어나, 아르시 부인.

(딸이 일어서서 자크를 품에 안고 미친 듯이 입을 맞춘다.)

여인숙 여주인		(무대 반대편에서 소리치며) 후작, 그 여자는 창녀란 말이에요!

자크   입 다무시오, 포므레 부인! (딸에게) 난 당신을 용서했고, 내가 조금도 후회하지 않는다는 걸 당신이 알았으면 하오. 저 여자는 (여인숙 여주인을 가리키며) 복수를 한 게 아니라 내게 큰 호의를 베풀어 주었소. 당신이 저 여자보다 훨씬 젊고, 훨씬 아름답고, 그리고 백배나 더 헌신적이지 않소? 우리 함께 시골로 떠나 멋진 세월을 보냅시다. (그는 여자와 함께 연단을 가로질러 가다가 여인숙 여주인을 향해 돌아서더니 후작 역할에서 벗어난다.) 주인장, 두 사람이 아주 행복했다는 말을 당신에게 해야겠네. 이 세상에 확실한 건 아무것도 없고, 모든 것은 바람이 불듯 방향이 바뀌는 법이지. 그리고 바람은 쉬지 않고 부는데, 당신은 그걸 알지 못하는 거요. 바람이 불면 행복은 불행으로 바뀌고, 복수는 보답으로 바뀌지. 그리고 가벼운 여자는 누구와도 비교할 수 없을 만큼 정숙한 여자가 되고…….

10장

(자크가 마지막 대사를 하는 동안 여인숙 여주인이 연단을 내려가 자크의 주인이 있는 탁자에 앉는다. 주인은 팔로 그녀의 허리를 감싼 채 함께 술을 마신다…….)

주인   자크, 난 네가 이 이야기를 끝낸 방식이 마음에 들지 않아! 그 여자는 후작 부인이 될 자격이 없었어. 그 여자는 끔찍이도 아가트를 생각나게 해! 두 여자 모두 속임수를 쓰는 여자들이야.

자크　나리가 틀렸습니다!

주인　뭐라고! 내가 틀려!

자크　나리께서는 자주 틀리십니다.

주인　자크라는 놈이 나한테 훈계를 하고 주인인 나더러 틀렸니 마니 운운하다니!

(자크가 딸을 놓자, 딸은 다음 대화가 이어지는 동안 퇴장한다. 자크가 풀쩍 뛰어 연단을 내려선다.)

자크　저는 자크라는 놈이 아닙니다. 나리께서 저를 친구라고 부르기까지 했다는 걸 기억해 보세요.

주인　(여인숙 여주인을 희롱하며) 내가 널 친구라고 부르고 싶을 때 넌 내 친구가 되는 거야. 내가 자크라는 놈이라고 부르면 넌 자크라는 놈이 되는 거야. 왜냐하면 저 높은 곳에, 너도 알지, 저 높은 곳 말이다! 네 대위 말마따나 저 높은 곳에 내가 너의 주인이라고 씌어 있기 때문이지. 내 마음에도 들지 않고, 그리고 엉덩이가 멋진 고상한 숙녀인지라 내가 존경하는 (여인숙 여주인을 끌어안는다.) 포므레 부인 마음에도 들지 않는, 이 이야기의 끝을 부인할 것을 네게 명령한다.

자크　나리, 자크가 이미 한 얘기를 부인할 수 있다고 정말 믿으세요?
주인	주인이 원하면 자크는 자기 이야기를 부인할 것이다!
자크	정말 그런지 저도 보고 싶군요, 나리!
주인	(여전히 여인숙 여주인을 희롱하며) 자크가 계속 고집을 부리면 그 주인이 그놈을 축사로 보내 염소들과 자게 만들 것이야!
자크	저는 가지 않을 겁니다.
주인	(여인숙 여주인을 끌어안으며) 가야 할 거야.
자크	가지 않을 겁니다.
주인	(소리 지르며) 넌 가야 해!
여인숙 여주인	나리께서 방금 안으신 숙녀를 위해 뭔가를 해 주실 수 있으시겠죠?
주인	그 숙녀가 원하는 거라면 뭐든지.
여인숙 여주인	하인과 그만 싸우세요. 저자가 아주 불손한 건 알겠습니다만 저는 나리께 바로 저런 하인이 필요하다고 생각합니다. 두 사람은 서로가 없이는 못 지낸다고 저 높은 곳에 씌어 있습니다.
주인	(자크에게) 하인, 너 들었느냐. 방금 포프레 부인이 내가 너를 떼 버릴 수 없다고 말했어.
자크	나리께서는 저를 떼 버리실 겁니다. 왜냐하면 저는 이제 축사로 가서 염소들과 같이 잘 테니까요.
주인	(일어서며) 가지 마라!
자크	갈 겁니다! (느릿느릿 나간다.)
주인	가지 마!

자크   갈 겁니다!

주인   자크! (자크, 느릿느릿 나간다. 점점 더 느리게.) 자크, 넌 소중한 친구야! (자크, 나간다…….) 소중한 친구라고……. (주인이 쫓아가 그의 팔을 붙든다.) 너 들었느냐? 너 없이 내가 뭘 하겠느냐?

자크   좋아요. 하지만 또 다시 말다툼하는 걸 피하려면 몇 가지 원칙을 확실하게 정해 둬야겠어요.

주인   나도 찬성이다.

자크   정합시다! 제가 나리께 없어서는 안 되는 존재라고 저 높은 곳에 씌어 있다니까 전 기회가 생길 때마다 그걸 활용할 겁니다.

주인   그건 저 높은 곳에 씌어 있지 않아!

자크   우리 주인이 우리를 만들어 낸 순간에 이 모든 게 정해진 겁니다. 우리 주인은 나리께서는 겉모습을, 그리고 저는 본질을 갖도록 결정했어요. 나리께서는 명령을 내리지만, 저는 명령을 선택하도록 말이지요. 나리께서는 권리를 갖지만, 저는 그 권리에 영향력을 행사하도록 말이지요.

주인   그렇다면 바꾸자. 내가 네 자리에 서마.

자크   그런다고 더 나아지는 건 없을 겁니다. 나리는 겉모습을 잃고 본질은 얻지 못할 겁니다. 힘은 잃고 영향력도 얻지 못할 겁니다. 그냥 지금 그대로 계세요, 나리. 나리께서 좋은 주인, 고분고분한 주인이면 그다지 불만스럽지 않으실 겁니다.

여인숙 여주인　아멘. 밤이 깊었어요. 술도 많이 마셨으니 우리가 이제 자러 가야 한다고 저 높은 곳에 씌어 있어요.

(짧은 암전.)

(막)

3막

1장

(무대는 완전히 비었다. 주인과 자크는 무대 앞쪽에 서 있다.)

주인 그런데 말해 보거라, 우리 말은 어디 있느냐?
자크 멍청한 질문 좀 그만두세요, 나리.
주인 이런 어처구니없는 일이 있느냐! 프랑스 귀족이 걸어서 나라를 돌아다닌단 말이냐! 너 우리를 다시 쓴 작자를 아느냐?
자크 웬 바보입니다, 나리. 그렇지만 이제 우리가 다시 씌었으니 우리도 어쩔 도리가 없습니다.
주인 이미 씌어 있는 것을 감히 다시 쓰는 자는 모조리 꺼져 버릴지다! 꼬챙이에 꿰어져 불태워져 버릴지다!

거세당하고 귀가 잘려 버릴지다! 난 발이 아프구나.

자크 나리, 글을 다시 쓰는 사람들은 절대 불태워지지 않고, 모두가 그들을 믿습니다.

주인 우리 이야기를 다시 쓴 사람을 사람들이 믿는다고 생각하느냐? 우리가 진짜 어떤 사람인지 보려고 원래 '텍스트'를 보지 않을 거라고 생각하느냐?

자크 나리, 사람들은 우리 이야기 말고도 많은 것들을 다시 썼습니다. 이 아래 세상에서 일어난 모든 것은 이미 수백 번 다시 씌었고, 실제로 일어난 것을 확인할 생각은 누구도 하지 않았습니다. 인간들의 이야기가 너무 자주 쓰이는 바람에 사람들은 자신이 누구인지 더는 알지 못합니다.

주인 네가 나를 오싹하게 만드는구나. 그러면 저 사람들(관객을 가리키며)은 우리가 말(馬)도 없이 거지처럼 우리 이야기 속을 돌아다녀야 한다고 믿는단 말이냐?

자크 (관객을 가리키며) 저 사람들요? 저들에게는 뭐든지 믿게 할 수 있어요!

주인 오늘 너 정말 이상한 것 같구나. 우리는 그랑세르 여인숙에 남았어야 했어.

자크 저도 결코 반대하지 않았습니다.

주인 그런데…… 그 여자는 여인숙에서 태어난 여자가 아니야. 내가 말했지.

자크 그러면 어디서?

주인 (곰곰이 생각하며) 모르겠다. 그렇지만 그 말투며 그 몸가짐이며…….

자크 제가 보기에는 나리께서 사랑에 빠지고 있는 것 같습니다.

주인 (어깨를 으쓱하며) 저 높은 곳에 씌어 있다면……. (잠시 뜸을 들인 뒤) 네가 어떻게 사랑에 빠졌는지 말하려다가 아직 끝내지 않은 게 생각나는구나.

자크 어제 포므레 부인의 이야기에 우선권을 주지 말았어야 했어요.

주인 어제는 내가 숙녀에게 우선권을 줬지. 너는 정중한 신사도에 대해서는 전혀 이해하지 못하겠지. 그런데 이제 우리뿐이니 내가 모든 사람 앞에서 네게 우선권을 주마.

자크 감사합니다, 나리. 그럼 들어 보세요. 동정을 잃었을 때 저는 술에 취했습니다. 제가 취해 있을 때 아버지가 저를 두들겨 팼습니다. 아버지가 저를 두들겨 팼을 때 저는 입대를 했습니다…….

주인 너 똑같은 말을 반복하고 있잖느냐!

자크 제가요? 반복을 해요? 나리, 자기 말을 반복한다는 말보다 더한 모욕은 없습니다. 그런 말을 저한테 하시면 안 되죠. 맹세코 저는 공연이 끝날 때까지 입을 열지 않을 겁니다…….

주인 자크, 제발 얘기하거라. 내가 빈다.

자크 나리께서 저한테 비신다고요? 정말로 저한테 비신다고요?

주인 그래.

자크 좋습니다. 어디까지 했죠?

주인 네 아버지가 너를 두들겨 팼다. 네가 입대했고, 그리고 웬 누추한 집에 있게 되었는데, 거기서 너를 간호해 주었고, 그곳에는 엉덩이가 크고 아주 예쁜 여자가 있었지……. (말을 중단하며) 자크…… 들어 봐, 자크…… 솔직히 말해 봐……. 정말 솔직히 말이다……. 그 여자 엉덩이가 큰 게 사실이냐? 아니면 나를 기쁘게 하려고 한 말이냐…….

자크 나리, 왜 그런 쓸데없는 질문을 하세요?

주인 (침울하게) 엉덩이가 크지 않았지, 그렇지?

자크 (다정하게) 질문을 던지지 마세요, 나리. 제가 나리께 거짓말하는 걸 좋아하지 않는다는 걸 알지 않습니까.

주인 (침울하게) 그러니까 네가 나한테 거짓말을 한 거로구나.

자크 절 원망하지 마세요.

주인 (애석해하며) 널 원망하지 않아. 넌 애정으로 거짓말을 한 거니까.

자크 네, 나리. 나리께서 엉덩이가 큰 여자를 얼마나 좋아하시는지 아니까요.

주인 넌 착한 놈이야. 너는 착한 하인이야. 하인들은 착해야 하고, 주인에게 주인이 듣고 싶어 하는 소리를 해야 해. 쓸데없는 진실은 절대 이야기하지 말아야 한다, 자크.

자크　걱정 마세요, 나리. 저는 쓸데없는 진실은 좋아하지 않습니다. 쓸데없는 진실보다 더 멍청한 걸 전 알지 못합니다.

주인　예를 들면?

자크　예를 들면, 우리가 죽을 수밖에 없는 존재라는 진실 말이죠. 아니면 이 세상이 썩었다는 진실이나. 우리가 그걸 모르기라도 한답니까? 나리께서도 아시지 않습니까. 무대에 영웅처럼 등장해서 "이 세상은 썩었다!"라고 외치는 사람들 말입니다. 관객은 박수갈채를 보내죠. 그렇지만 자크의 관심을 끄는 건 그런 게 아닙니다. 왜냐하면 자크는 그런 사람들보다 이백 년, 사백 년, 팔백 년 전에 그 사실을 알았기 때문에 그들이 이 세상이 썩었다고 외치는 동안 자크는 주인을 기쁘게 하기 위해 이야기를 지어내는 걸 더 좋아하죠…….

주인　……썩어 빠진 주인을 위해…….

자크　……썩어 빠진 주인을 위해 주인이 좋아하는 엉덩이 큰 여자를 지어내죠.

주인　오직 나와 우리 꼭대기에 있는 사람만이, 지금껏 주인을 섬겨 온 하인들 중 네가 최고라는 사실을 알지.

자크　그러니 질문을 하지 마세요. 진실을 알려고 들지 마시고 제 말을 들으세요. 그 여자는 엉덩이가 컸습니다……. 잠깐만요, 제가 어느 여자 얘기를 하고 있는 거죠?

주인　너를 간호해 준 집의 여자지.

자크   그렇군요. 의사들이 술을 마시는 동안 저는 그 집 침대에서 일주일을 보냈습니다. 그래서 제 은인들은 어떻해서든 빨리 저를 떼어 낼 생각을 했죠. 다행히 저를 치료하던 의사 중 한 사람이 성에서 일하는 민간 요법 치료사였는데, 그 부인이 저를 위해 끼어들었죠. 그들이 저를 자기들 집으로 데려갔습니다.
주인   그러니까 너와 그 누추한 집의 예쁜 여자와는 아무 일이 없었다는 거지.
자크   네.
주인   애석하구나. 할 수 없지! 너를 위해 끼어든 의사 부인은 어땠느냐?
자크   금발이었습니다.
주인   아가트처럼.
자크   다리가 길었습니다.
주인   아가트처럼. 그럼 엉덩이는?
자크   이랬습니다, 나리!
주인   완전히 아가트야! (화가 나서) 아! 못된 여자! 아르시 후작이 그 어린 거짓말쟁이 여자에게 한 것보다 내가 아가트에게 더 혹독하게 굴었어야 하는 건데! 비그르 아들이 쥐스틴에게 한 것과는 완전히 다르게 말이다!

(생투앙이 조금 전에 연단 위로 올라 자크와 주인의 대화를 흥미롭게 듣고 있다.)

3막   113

생투앙   왜 자네는 아무것도 하지 않았나?

자크   (주인에게) 들으셨죠? 저자가 나리를 비웃고 있습니다! 개자식입니다, 나리. 나리께서 저자 얘기를 제게 했을 때 처음부터 제가 개자식이라고 하지 않았습니까…….

주인   저자가 개자식이라는 건 인정하지만 지금까지는 네가 네 친구 비그르에게 한 짓과 다른 짓을 한 건 아니잖느냐.

자크   하지만 저자는 개자식이고 저는 아닌 게 분명합니다.

주인   (이 지적에 담긴 진실에 놀라며) 정말 그렇구나. 두 사람 모두 절친한 친구의 여자에 홀렸다. 그런데 저자는 개자식이고 넌 아니다. 이걸 어떻게 설명하지?

자크   전 모르겠습니다. 그렇지만 이 수수께끼 속에 깊은 진리가 감춰진 것 같습니다.

주인   확실히 그렇구나. 그리고 그 진리가 뭔지 알겠어! 너희 둘을 구분하는 건 행동이 아니라 영혼이기 때문이지! 너는 네 친구 비그르를 속이고 그 여자와 바람을 피웠지만 슬퍼서 술에 취했지.

자크   나리의 환상을 벗기고 싶진 않습니다만 제가 취한 건 슬퍼서가 아니라 행복해서였습니다…….

주인   슬퍼서 술에 취했던 게 아니었어?

자크   추악하지만 그렇습니다, 나리.

주인   자크, 너 나를 위해 뭘 좀 해 줄 수 있겠느냐?

자크   나리를 위해서요? 뭐든지 하겠습니다.

주인   네가 슬퍼서 술에 취했다고 하자꾸나.

자크   나리께서 원하신다면 그러죠, 나리.

주인   내가 원해.

자크   좋습니다, 나리. 저는 슬퍼서 술에 취했습니다.

주인   고맙구나. 나는 너를 어떡해서든 저 비열한 놈과 구분하고 싶구나. (이렇게 말하며 여전히 연단에 자리한 생투앙을 향해 돌아본다.) 게다가 저놈은 나를 오쟁이진 사내로 만든 걸로 그치지 않았어······.

(주인이 연단 위로 오른다.)

2장

생투앙   친구! 이제 난 오직 복수 생각뿐이야! 그 비천한 여자가 우리 둘을 모욕했으니 우리 같이 복수를 하세!

자크   네, 기억납니다. 바로 거기까지 했어요. 그런데 나리! 저 쥐새끼에게 뭐라고 응수하실 겁니까?

주인   (연단 위에서 자크 쪽을 돌아보며 비장하고 가련한 어조로) 나? 날 보거라, 자크. 날 보고 내 운명에 울어 다오! (생투앙에게) 이봐, 생투앙. 난 자네의 배신을 잊을 준비가 되었지만 한 가지 조건이 있네.

자크   잘했어요, 나리! 당하고만 있지 마세요!

생투앙   뭐든지 하겠네. 창문으로 뛰어내릴까? (주인은 미소를 지은 채 아무 말도 하지 않는다.) 목을 맬까? (주인은 아무 말이 없다.) 물에 빠질까? (주인은 아무 말이 없다.) 이 칼을 가슴에 박을까? 그래, 그래! (그는 셔츠를 풀더니 칼을 가슴에 댄다.)

주인   그 칼을 내려놓게. (그는 친구의 손에서 칼을 빼앗는다.) 먼저, 한잔 마시세. 그런 다음 내가 자네를 용서할 무시무시한 조건을 자네에게 말하겠네……. (그는 아까부터 바닥에 굴러다니고 있던 술병 하나를 집어 든다.) 말해 보게, 아가트가 관능적이던가?

생투앙   아, 내가 아는 걸 자네가 알 수 있다면 좋겠네!

자크   (생투앙에게) 다리가 길던가요?

생투앙   (자크에게 낮은 소리로) 그렇지 않네.

자크   엉덩이가 크고 멋진가요?

생투앙   (마찬가지로) 펑퍼짐해.

자크   (주인에게) 나리께서는 몽상가이십니다. 그런 나리 모습이 저는 좋기만 합니다.

주인   (생투앙에게) 내 조건을 자네에게 말하겠네. 우리가 이 술을 비우고 나면 자네가 내게 아가트 얘기를 하는 거야. 그 여자가 침대에서 어떤지. 어떤 말을 하는지. 어떻게 움직이는지. 뭘 하는지. 신음 소리는 어떤지. 자네는 얘기하고, 우리는 술을 마시는 거네. 그리고 나는 상상을 하고…….

(생투앙이 입을 다문 채 자크의 주인을 쳐다본다.)

주인   자, 동의하는가? 왜 그러나? 말을 하게! (생투앙은 입을 다물고 있다.) 내 말 들었나?

생투앙   들었네.

주인   찬성하는가?

생투앙   그렇네.

주인   그런데 왜 술을 마시지 않나?

생투앙   자네를 보고 있네.

주인   그건 나도 알아.

생투앙   우리는 키가 같잖나. 어둠 속에서는 우리 둘을 혼동할 수 있어.

주인   무슨 생각을 하는 건가? 왜 얘기를 시작하지 않는가? 난 얼른 상상하고 싶다고! 빌어먹을, 생투앙, 더는 못 참겠네. 얼른 얘기하란 말이네.

생투앙   친구, 내가 아가트와 보낸 밤들 중 하나에 대해 묻고 있는 건가?

주인   자넨 열정이 뭔지 몰라! 그래, 그걸 요구하는 거네! 너무 지나친 요구인가?

생투앙   아니, 그 반대야. 요구가 너무 작네. 밤을 묘사하는 대신 내가 자네에게 그냥 밤을 만들어 주는 건 어떻게 생각하나?

주인   그냥 밤을? 진짜 밤을?

생투앙   (주머니에서 열쇠 두 개를 꺼내며) 작은 열쇠는 그곳의 만능열쇠고, 큰 것은 아가트네 침실 옆방 열쇠네. 여섯 달 전부터 나는 이렇게 드나들었네. 먼저 창가에

바질 향신료 병이 나타날 때까지 거리를 배회했네. 그 다음, 집 문을 열고 조용히 닫네. 조용히 올라가지. 그녀 침실 옆에 작은 옷 방이 하나 있어. 그곳에서 나는 옷을 벗네. 아가트는 침실 문을 살짝 열어 놓고 침대에 든 채 어둠 속에서 나를 기다리고 있지.

주인 그러면 자네가 자네 자리를 내게 내주겠다는 건가?

생투앙 기꺼이 내주지. 그런데 한 가지 작은 바람이 있네…….

주인 말해 보게!

생투앙 말해도 되겠나?

주인 물론이지. 난 자네를 기쁘게 하는 것만 바랄 뿐이야.

생투앙 자네는 세상에서 가장 멋진 친구네.

주인 자네보다 나쁘진 않지. 그래, 내가 자네를 위해 뭘 할 수 있겠나?

생투앙 자네가 아침까지 그 여자 품에 남아 있길 바라네. 그러면 내가 아무것도 모르는 것처럼 가서 현장을 덮치겠네.

주인 (수줍게 웃으며) 기막힌 생각이야! 그렇지만 너무 잔인하지 않겠나?

생투앙 그렇게 잔인하지는 않을 걸세. 오히려 재미있겠지. 그 전에 나는 옷 방에서 옷을 벗을 거고, 두 사람을 덮칠 때 나는…….

주인 홀딱 벗고 있겠군! 오! 자네는 정말 변태적이야! 그런데 그래서 뭘 하려는 건가? 열쇠 꾸러미는 하나뿐인데…….

생투앙   우리가 함께 집에 들어가는 거네. 우리는 함께 옷 방에서 옷을 벗고, 자네는 그녀 침대 속에 들어가지. 자네가 원할 때 내게 신호를 해, 그러면 내가 자네와 합세하면 되지.

주인   그것 정말 탁월한 생각이네! 숭고해!

생투앙   자네도 동의하는가?

주인   전적으로 동의하네! 그런데…….

생투앙   그런데…….

주인   그런데……. 있잖나……. 아냐, 아냐, 전적으로 동의하네. 그런데 처음에는 그래도 내가 혼자 있는 게 좋겠어……. 나중에는 우리가 그럴 수 있겠지만…….

생투앙   아, 자네는 우리가 여러 번 복수하기를 바라는 거군.

주인   아주 유쾌한 복수여서 말이네…….

생투아   그건 확실하지. (그는 아가트가 누워 있는 무대 안쪽을 가리킨다. 주인이 마법에 걸린 사람처럼 그녀를 향해 다가가자 아가트가 그를 향해 팔을 뻗는다.) 조심하게, 살금살금. 집안사람 모두가 자고 있으니! (주인이 아가트 곁에 누워 그녀를 포옹한다…….)

자크   축하드립니다, 나리. 그런데 나리가 걱정됩니다.

생투앙   (연단 위에서 자크에게) 이봐, 친구, 모든 규범에 따르면 하인은 자기 주인이 우롱당하는 꼴을 보면 좋아하게 되어 있어.

자크   우리 주인은 착한 분이어서 제 말에 따릅니다. 저는 다른 주인들은 좋아하지 않아요. 그들은 착하지도 않고 뱃사공처럼 굴죠.
생투앙   네 주인은 멍청이여서 멍청이 운명을 살아 마땅해.
자크   어떤 점에서 우리 나리는 우둔한지도 모릅니다. 그렇지만 그 우둔함에서 저는 사랑스러운 지혜를 보았어요. 똑똑한 당신한테서는 아무리 찾아봐도 발견하지 못할 지혜죠.
생투앙   넌 하인 주제에 주인을 사랑하는구나! 네 주인의 이 모험이 어떻게 끝날지 똑똑히 보거라!
자크   나리께서 지금은 행복해하시니 저도 기쁘네요!
생투앙   조금 더 기다려 봐!
자크   나리께서 지금 이 순간 행복하면 그만이라고 말하지 않습니까. 이 순간 행복한 것 이상의 무엇을 우리가 요구할 수 있겠습니까?
생투앙   이 행복한 순간에 대한 대가를 네 나리는 톡톡히 치르게 될 것이다!
자크   이 행복이 너무 커서 당신이 나리에게 마련해 둔 온갖 불행의 무게가 더 무겁지 않다면 어찌겠습니까?
생투앙   혀를 함부로 놀리지 말거라, 하인. 내가 저 멍청이에게 앞으로 받게 될 고초보다 기쁨을 더 준다고 생각되면 난 정말이지 이 칼을 가슴에 박고 말 것이야.

(그가 무대 뒤를 향해 소리친다.)

어이, 거기들! 뭘 기다리나? 날이 밝아 오고 있어!

3장

(시끌벅적한 웅성거림과 고함 소리가 들려온다. 사람들이 아직 엉겨 붙어 있는 주인과 아가트를 향해 달려온다. 군중 속에 잠옷 차림을 한 아가트의 아버지와 어머니가 보이고, 경찰서장도 있다.)

경찰서장 신사 숙녀 여러분, 조용히 하십시오. 범죄 행위는 명백합니다. 이 사람은 현장에서 체포되었습니다. 제가 아는바, 이 분은 귀족이시고 정직한 분이십니다. 저는 이분이 법에 강요당하기보다는 자신이 저지른 잘못을 스스로 바로잡기를 바랍니다.

자크 맙소사, 나리, 저들한테 붙잡히셨군요.

경찰서장 (그사이 일어난 자크의 주인에게) 날 따라오시오.

주인 나를 어디로 데려갈 생각이오?

경찰서장 (주인을 데리고 가며) 감옥입니다.

자크 (아연실색하며) 감옥이라고요?

주인 (자크에게) 그렇다. 자크, 감옥이다……. (경찰서장이 멀어진다. 몰려 있던 사람들도 사라진다. 주인은 연단 위에 홀로 남았다. 생투앙이 그를 향해 달려간다.)

생투앙 친구, 친구! 이런 고약한 일이! 자네가 감옥에 들어가다니! 어떻게 된 일인가? 난 아가트 집에 갔었네. 그 여자 부모들이 내게 말조차 하려고 들지 않았어. 그분들은 자네가 내 유일한 친구라는 사실을 알고 있었고, 자신들 불행의 책임이 내게 있다고 비난했네. 아가트

　　　　는 내 눈을 뽑을 뻔했어. 자네도 분명히 그녀를 이해하겠지…….

주인　　생투앙, 나를 여기서 꺼내 줄 사람은 자네뿐이네.

생투앙　어떻게?

주인　　어떻게라니? 사실대로 얘기하면 되지.

생투앙　그래, 내가 그러겠다고 아가트에게 협박했지. 그런데 그럴 수가 없네. 우리가 어떤 꼴이 될지 상상해 보게……. 게다가 이건 자네 잘못이야!

주인　　내 잘못이라니?

생투앙　그래, 자네 잘못이야. 자네가 내 비열한 수작을 받아들이기만 했어도 아가트가 두 남자 사이에 있다가 들켰을 테고, 그러면 모든 게 조롱으로 끝났을 거야. 그런데 자네가 이기적이었지 않은가! 자네 혼자서 쾌락을 취하려고 하지 않았나!

주인　　생투앙!

생투앙　어쩔 수 없네, 친구. 자네는 자네 이기심 때문에 벌을 받은 거야.

주인　　(비난하는 투로) 친구!

(생투앙은 돌아서서 황급히 나간다.)

자크　　(주인에게 소리치며) 맙소사! 언제쯤 친구라고 부르는 걸 그만두실 기예요? 지 작자가 나리에 넋을 놓았고, 직접 나리를 고발했다는 건 누구라도 알 만큼 명백한

데도 나리는 여전히 눈이 머셨군요! 저까지 온 동네 웃음거리가 되겠어요. 우리 나리가 멍청이라고요!

4장

주인   (자크를 향해 돌아보며 대화를 하는 동안 연단을 내려간다.) 그저 멍청이기만 해도 좋겠구나, 자크. 그런데 네 주인은 무엇보다 불행해. 그게 더 나빠. 난 감옥에서 나왔지만 숙녀를 능욕한 엄청난 대가를 치러야만 했어…….

자크   (위로하며) 더 나쁘게 끝날 수도 있었잖아요, 나리. 그 여자가 임신이라도 했다고 상상해 보세요.

주인   네가 맞혔구나.

자크   뭐라고요?

주인   그렇다.

자크   임신했다고요? (주인이 고개를 끄덕인다. 자크는 주인을 끌어안는다.) 불쌍한 나리! 이 이야기에 상상할 수 있는 최악의 끝이 뭔지 이제 알겠어요.

(이 장면 동안 자크와 주인이 나누는 대화에는 희극성이 완전히 배제되고 진짜 슬픔이 배어 있다.)

주인   저 창녀의 명예를 위한 대가를 치러야 할 뿐 아니라,

	출산 비용도 대야 하고 역겨울 정도로 내 친구 생투앙을 닮은 어린애의 양육과 교육까지 책임져야 했어.
자크	이제 알겠군요. 인간사의 최악의 끝은 어린애군요. 모험의 불길한 종말, 사랑의 끝에 남는 오점 말입니다. 나리의 아드님은 몇 살이죠?
주인	곧 열 살이 돼. 그동안 시골에 맡겨 두었는데, 우리 여행 중에 그 사람들 집에 잠깐 들러 마지막으로 내가 지불해야 할 돈을 지불하고 그 코흘리개를 도제 수업에 넣을 생각이었지.
자크	처음에 저들이 (관객을 가리키며) 우리가 어디로 가는지 물었을 때 제가 우리가 어디 가는지 누가 아느냐? 라고 대답한 것, 기억하십니까? 그런데 나리께서는 우리가 어디로 가는지 잘 알고 계셨군요.
주인	난 그 애가 시계공이 되었으면 싶구나. 아니면 목수나. 그 아이는 한평생 의자 다리를 돌릴 테고, 아이를 낳으면 그 아이들이 또 다른 의자 다리와 또 다른 아이들을 만들 테고, 그 아이들은 또다시 수많은 아이들과 의자들을 낳겠지…….
자크	세상은 의자로 가득 찰 것이고, 그것이 나리의 복수가 되겠군요.
주인	(쓸쓸하게) 이제 풀은 자라지 않을 것이고, 꽃도 더는 꽃을 피우지 않을 것이야. 사방에 아이와 의자 들뿐일 테니까.
자크	아이와 의자, 온통 아이와 의자뿐이라니, 끔찍한 미래

의 그림입니다. 나리, 우리가 때맞춰 죽는 건 참으로 큰 행운입니다.

주인 (생각에 잠긴 얼굴로) 꼭 그렇게 되었으면 좋겠구나. 아이와 의자와 그 모든 것이 계속 반복된다는 생각을 하면 이따금 불안해진단 말이다……. 어제저녁에도 포므레 부인 이야기를 들으면서 난 속으로 생각했다. 늘 똑같이 변함없는 얘기가 아닌가? 결국 포므레 부인도 생투앙의 모사품에 지나지 않느냐. 그리고 나는 네 가련한 친구 비그르의 다른 버전에 불과하고, 비그르는 잘 속아 넘어가는 후작과 비슷한 인간일 뿐이지. 게다가 쥐스틴과 아가트의 차이점도 도무지 모르겠어. 아가트는 후작이 결국 결혼할 수밖에 없었던 저 창녀의 분신이야.

자크 (생각에 잠긴 얼굴로) 그렇군요, 나리. 꼭 돌고 도는 회전목마 같습니다. 제 입에 입마개를 물렸던 제 할아버지는 저녁마다 성경을 읽었지만 늘 마뜩잖아 하셨죠. 그래서 성경이 줄곧 똑같은 말을 반복한다고 말하며, 반복을 하는 사람은 듣는 사람을 바보로 여기는 거라고 말씀하셨죠. 그래서 나리, 저는 이 모든 걸 저 높은 곳에서 쓴 사람도 믿기 힘들 정도로 자기 말을 반복한 게 아닌가, 따라서 우리를 바보로 여긴 게 아닌가 하는 생각이 듭니다……. (자크는 입을 다물고, 주인은 슬픈 얼굴로 대답이 없다. 침묵이 흐른다. 그러다 자크가 주인에게 기운을 북돋아 주려고 애쓴다.) 그렇지만 나리, 그

	렇게 슬퍼하지 마세요. 주인님을 기쁘게 하기 위해서라면 제가 뭐든지 할 겁니다. 나리, 제가 어떻게 사랑에 빠졌는지 얘기해 드리죠.
주인	(침울하게) 얘기해 보렴.
자크	동정을 잃었을 때 저는 술에 취했습니다.
주인	그래, 그건 이미 알아.
자크	아, 화내지 마세요. 바로 외과 의사 부인 이야기로 넘어가겠습니다.
주인	그 여자를 사랑하게 된 거냐?
자크	아닙니다.
주인	(갑자기 경계하듯 주위를 돌아보며) 그러면 그 얘긴 그만두고 바로 목표로 직행하거라.
자크	왜 그렇게 서두르세요, 나리?
주인	왠지 우리에게 이제 시간이 많지 않다는 느낌이 드는구나.
자크	그러시니까 제가 겁이 납니다, 나리.
주인	왠지 네가 서둘러 그 이야기를 끝내야 할 거라는 느낌이 들어.
자크	알았습니다, 나리. 저는 일주일째 외과 의사 집에 있다가 첫 외출을 하게 되었습니다.

(자크는 얘기에 빠져 주인보다는 관객을 바라보고, 주인은 점점 더 풍경에 관심을 쏟는다.)

자크   화창한 날이었고, 저는 아직 다리를 많이 절고 있었죠…….
주인   내 사생아가 살고 있는 마을 가까이에 온 것 같구나.
자크   나리, 최고로 멋진 순간에 제 말을 자르지 마세요! 저는 아직 다리를 절고 있었고, 아직 무릎이 아팠지만, 화창한 날이었습니다. 마치 오늘 일처럼 눈앞에 생생합니다.

(무대 앞쪽, 끄트머리에 생투앙이 나타난다. 그는 주인을 보지 못하지만 주인은 그를 보고 응시한다. 자크는 관객 쪽으로 돌아서서 자기 얘기에 완전히 몰입해 있다.)

가을이었습니다, 나리. 나무들은 울긋불긋했고, 하늘은 푸르렀고, 저는 숲길을 가고 있었죠. 그때 한 젊은 여자가 제 쪽으로 오는 게 보였습니다. 나리께서 제 말을 자르지 않으니 아주 좋습니다. 그러니까 날씨가 화창했고, 여자는 예뻤죠. 절대로 제 말을 자르지 마세요, 나리. 그 여자는 제가 있는 쪽으로 오고 있었습니다, 천천히. 그리고 저는 그 여자를 바라보았고, 여자도 저를 바라보았죠. 여자 얼굴은 우수에 잠긴 듯 예뻤습니다, 나리. 참으로 우수에 잠기고, 참으로 예쁜 얼굴이었어요…….

생투앙   (마침내 주인을 보고 소스라치게 놀라며) 자네군, 친구…….

(주인이 칼을 빼든다. 생투앙도 따라한다.)

주인   그래, 날세! 자네 친구, 자네가 가졌던 최고의 친구! (그가 생투앙에게 달려들고 두 사람은 싸운다.) 자네가 여기서 뭘 하고 있나? 자네 아들을 보러 왔나? 그 녀석이 포동포동한지 보려고 왔어? 내가 그 녀석을 잘 살찌우고 있는지 확인하러 왔나?

자크   (겁에 질려 싸움을 지켜본다.) 조심하세요! 나리! 막으세요!

(그러나 결투는 오래가지 못하고 생투앙이 칼에 맞고 쓰러진다. 자크가 그를 향해 몸을 숙인다.)

    호되게 당하신 것 같군요. 아, 나리, 이런 일은 일어나지 말았어야 하는 건데!

(자크가 몸을 숙여 생투앙의 시체를 살피는데 농부들이 무대 위로 달려 나온다.)

주인   자크, 얼른! 달아나거라!

(그리고 그는 달려서 무대를 빠져나간다.)

5장

(자크는 달아나지 못했다. 농부 몇 사람이 그를 붙잡아 양손을 등뒤로 돌려 묶는다. 자크는 손이 묶인 채 무대 전면에 있고, 판사가 그를 쏘아본다.)

판사 자, 넌 이 일에 대해 무슨 말을 할 테냐? 너를 감옥에 집어넣고, 재판을 한 뒤 목을 매달 것이다.

자크 (등뒤로 손이 묶인 채 무대 앞쪽에 서서) 제 대위님이 한 말밖에 할 말이 없습니다. 이 아래 세상에서 일어나는 모든 건 저 높은 곳에 씌어 있다고 말이죠.

판사 그건 위대한 진리지.

(판사는 농부들과 함께 천천히 나가고, 자크는 이어지는 독백을 하며 무대에 홀로 남는다.)

자크 그렇지만 저 높은 곳에 쓰인 것의 대가가 무엇인지 생각해 볼 수는 있지요. 아, 나리. 나리께서 저 바보 같은 아가트를 사랑했기 때문에 제가 목이 매달려 죽게 된 것에 지혜가 있다고 생각하십니까? 아마도 나리께서는 제가 어떻게 사랑에 빠졌는지 끝내 알지 못하시겠군요. 그 우수에 잠긴 아름다운 여인은 성의 하녀였고, 저는 성에 하인으로 고용되었죠. 그런데 나리께서는 이 이야기의 끝을 끝내 알지 못하시겠군요, 왜냐하면 사람들이 저를 목매달 테니까요, 그 여자의 이름은 드니즈였고, 저는 그 여자를 무척 사랑했습니다, 그 후로는 누구도 사랑한 적이 없었어요, 하지만 우리는 겨우 보름밖에 알지 못했습니다, 나리께서는 상상하실 수 있습니까, 겨우 보름밖에 알지 못했죠, 왜냐하면 그 당시 제 주인은 제 주인이기도 했지만 드니즈의 주인이기도 했는데, 저를 불레 백작에게 줘 버렸고, 백작은 다시 저를 그분 형이신 대위에게 줬고, 대위는 저를 자기 조카인 툴루즈를 총괄하는 차장검사에게 넘겼고, 그 차장검사는 다시 저를 트루빌 백작에게, 그리고 트루빌 백작은 저를 벨루아 후작 부인에게 줬고, 후작 부인은 웬 영국 남자와 같이 도망을 갔는데, 그 일은 엄청난 추문이었죠, 그런데 달아나기 전에 후작 부인은 저를 마르티 대위님에게 추천할 시간이 있었죠, 그렇습니다, 나리, 모든 게 저 높은 곳에 씌어 있다고 말하곤 한 그 대위 말이 맞습니다, 그리고 마르티 대위님은 저를 에리상 나리에게 주었고, 그분은 저를 이슬랭 양 집으로 보냈죠, 나리께서 사귀고 있던 이 아가씨는 깡마르고 신경질적이어서 나리의 신경을 건드렸죠, 아가씨가 나리의 신경을 건드리는 동안 저는 잡담으로 나리의 기분을 풀어 드렸죠, 나리께서는 저를 아껴 주셨고, 아마 제가 늙을 때까지라도 먹여 주셨을 테죠, 왜냐하면 나리께서 제게 그러시겠다고 약속하셨으니까요, 그리고 저는 나리께서 약속을 지키시는 분이라는 걸 아니까요, 우리는 절대 떨어지지 않았을 텐데요, 우리는 서로를 위해 만들어진 존재들이니까요, 자크는 그의 주인을 위해, 그의 주인은 자크를 위해 말이지요. 그런데 이런 어리석은 일로 이렇게 헤어지게 되고 말았네요! 맙소사, 나리께서 그 개자식한테 우롱당한들 나와 무슨 상관이랍니까! 나리께서 마음은 선량하시지만 보는 눈이 없는데 왜 제가 목매달려야 한답니까? 이런 멍청한 짓거리가 저 높은 곳에 씌어 있기 때문이죠! 오, 나리, 저 높은 곳에서 우리 이야기를 쓴 사람은 형편없는 시인인 게 틀림없습니다. 형편없는 시인들 중에서도 형편없는 시인, 형편없는 시인들의 왕이고 황제인 게 분명합니다!

아들 비그르 (자크가 마지막 대사를 하는 동안 무대 앞에 나타난다. 그는 의문스럽다는 듯 자크를 쳐다보다가 부른다.) 자크?

자크 (쳐다보지 않은 채) 날 가만 내버려두시오!

아들 비그르 너야, 자크?

자크 모두들 날 좀 내버려두라고! 난 우리 나리에게 말하고 있어!

아들 비그르 세상에, 자크, 나를 못 알아보는 거야?

(그는 자크를 붙들고 그를 향해 고개를 돌린다.)

자크 비그르…….

아들 비그르 왜 손이 묶였지?

자크 왜냐하면 사람들이 곧 나를 목매달 거니까.

아들 비그르 너를 목매달아? 안 돼……. 친구! 다행히 이 세상엔 아직 친구를 기억하는 친구들이 있어! (그는 자크의 손을 묶고 있는 밧줄을 푼다. 그러더니 자기 쪽으로 그의 몸을 돌려 끌어안는다. 자크는 비그르의 품에 안긴 채 껄껄 웃는다.) 왜 웃어?

자크 방금 형편없는 시인에게 형편없는 시인이라고 욕을 했는데 형편없는 자기 시를 바로잡으려고 서둘러 너를 보냈군. 비그르, 최악의 형편없는 시인조차도 자신의 형편없는 시를 이렇게 유쾌하게 끝내진 못할 거야!

아들 비그르 네가 무슨 얘기를 하는지 모르겠어, 친구. 그렇지만 그런 건 중요하지 않아! 난 너를 잊은 적이 없어. 너 다락방 생각나지? (이번엔 비그르가 웃더니 자크의 등을 한 대 친다. 자크도 웃는다.) 저기 보여? (그는 무대 안쪽의 계단을 가리킨다.) 친구, 저긴 다락이 아니야! 예배당이지! 저곳은 충직한 우정의 사원이야! 자크, 네가 우리에게 가져다준 행복을 넌 상상도 못 할 거야. 생각 나, 넌 군대에 입대했지, 한 달 뒤에 나는 알게 되었어. 쥐스틴이…….

(그는 의미심장하게 뜸을 들인다.)

자크   쥐스틴이 뭐?

아들 비그르   쥐스틴이……. (다시금 감동을 실어 뜸을 들인다.) ……있잖아……. (침묵) ……그러니까! 맞춰 봐……! 아이를 가졌어.

자크   내가 입대하고 한 달 뒤에 알았어?

아들 비그르   우리 아버지가 아무 말도 못 하게 되었지. 내가 쥐스틴과 결혼하는 데 동의할 수밖에 없었고, 그리고 아홉 달 뒤에……. (감동 어린 뜸.)

자크   뭐였어?

아들 비그르   아들!

자크   건강해?

아들 비그르   (자랑스레) 그럼! 우리는 너를 생각해서 자크라는 이름을 붙였어! 그애는 심지어 너를 좀 닮기도 했어. 내 말 믿어도 좋아. 네가 보러 와야 해! 쥐스틴이 엄청 좋아할 거야!

자크   (돌아서면서) 나리, 우리의 모험이 우스꽝스러울 정도로 닮았네요…….

(아들 비그르가 흥거운 표정으로 자크를 데려간다. 두 사람은 나간다.)

6장

주인   (텅 빈 무대로 들어선다. 불행한 얼굴로 자크를 부른다.) 자크! 나의 소중한 자크! (주위를 둘러본다.) 너를 잃고 나니 무대가 세상처럼 황량하고, 세상은 텅 빈 무대처럼 황량하구나……. 네가 '칼집과 칼' 우화를 다시 내게 들려줄 수만 있다면 뭐라도 내놓겠어. 역겨운 우화야. 그래서 나는 그 우화를 거부하고, 부인하고, 무가치하고 무익하다고 선언하고 싶었어. 네가 마치 처음 얘기하는 것처럼 매번 다시 얘기를 시작할 수 있도록 말이다……. 아, 나의 자크, 생투앙의 이야기도 부인할 수만 있다면 얼마나 좋겠느냐……! 그렇지만 네 아름다운 이야기들은 취소할 수 있지만 나의 어리석은 모험은 돌이킬 수 없지. 난 그 모험 속에 분명히 들어 있고, 게다가 너 없이, 달변인 네가 네 입만 달콤하게 달싹여 떠올린 그 멋진 엉덩이들도 없이 나 혼자 들어 있지……. (꿈꾸는 듯한 목소리로 12음절 시구라도 읊듯이 읊조리기 시작한다.) 보름달처럼 둥글고 토실토실한 엉덩이……! (평소 목소리로) 그렇지만 네 말이 옳았구나. 우리는 어디로 가는지 몰라. 난 내 사생아를 다시 보러 간다고 생각했지. 그런데 내 소중한 자크를 영원히 잃으러 가는 길이었어.

자크   (무대 반대편에서 다가가며) 나리…….

주인   (돌아보며 놀란다.) 자크!

자크	나리께서는 여인숙 여주인이 한 말을 잘 아시지요. 엉덩이가 위풍당당한 고상한 여자 말이에요. 우리는 서로가 없이는 살지 못한다고 했죠. (주인은 생생한 감동에 사로잡혀 자크의 품으로 쓰러지고, 자크는 주인을 위로한다.) 안 됩니다, 안 돼요. 차라리 우리가 어디로 갈지 말씀해 주세요!
주인	우리가 어디로 가는지 아느냐?
자크	누구도 알지 못하죠.
주인	누구도.
자크	그러니 저를 인도해 주세요.
주인	우리가 어디로 가는지 알지 못하는데 내가 어떻게 너를 인도할 수 있겠느냐?
자크	저 높은 곳에 쓰인 대로 가는 거죠. 나리께서는 저의 주인이시니 저를 인도할 의무가 있으십니다.
주인	그래, 하지만 조금 더 먼 곳에 쓰인 것을 네가 잊었구나. 명령을 내리는 건 주인이지만, 명령을 선택하는 건 자크 너지 않느냐. 그러니 내가 기다리마!
자크	좋습니다. 그러니까 저는 나리께서 저를 인도해 주시길 바랍니다……. 앞으로…….
주인	(주변을 둘러보며 당혹해한다.) 그러고 싶지만 앞이 어디냐?
자크	나리께 큰 비밀 하나를 알려 드리겠습니다. 인류가 태곳적부터 알아 온 계략이죠. 어느 쪽으로 가도 앞입니다.

주인   (주위를 빙 둘러보며) 아무 쪽이나?

자크   (팔을 크게 돌려 원을 그리며) 나리께서 어디를 보건 사방이 앞이죠!

주인   (열의 없이) 멋지구나, 자크! 멋져!

(그는 천천히 몸을 돌린다.)

자크   (침울하게) 네, 나리, 저도 아주 멋지다고 생각합니다.

주인   (적절한 연기를 잠깐 한 뒤 슬프게) 자, 가자, 앞으로!

(두 사람은 무대 안쪽을 향해 대각선으로 걸어간다…….)

(막)

1971년 7월, 프라하.

변주 예술에 대한 변주

밀란 쿤데라는 스스로 자신의 책을 『운명론자 자크와 그의 주인』에 대한 '변주'라고 소개한다. 『웃음과 망각의 책』(1979) 에서 이미 작가는 음악에서, 특히 베토벤에게서 차용한 이 '변주' 개념을 문학에 끌어들였다. 「천사들」(『웃음과 망각의 책』 6부)의 화자는 교향곡이 "음악의 서사시", 다시 말해 "외부 세계의 무한을 가로지르는 여행"이라면, 변주는 다른 공간에 대한 탐험, "내면 세계의 무한한 다양성" 속으로 떠나는 여행이라고 설명했다. 집약과 반복, 심화에 초점이 맞춰진 변주는 항상 똑같지만 접근을 거듭 시작함으로써 다르게 접근하는, 고정된 한 점을 중심으로 동일한 물질 속에 끈기 있게 갱도를 파는 끈질긴 굴착 작업과 같다. 또한 쿤데라는 『웃음과 망각의 책』이 연속된 변주와 다름없다고 덧붙여 말했다. "서로 다른 부분들이 나로서는 이해하려면 막막함에 빠져들게 되는 한

테마의 내부로, 한 생각의 내부로, 하나뿐인 독특한 상황의 내부로 인도하는 여행의 서로 다른 단계처럼 이어진다." 요컨대 타미나에 대한, 고갈되지 않는 변주라는 것이다.

그런데 의미는 살짝 다르지만 「자크와 그의 주인」 역시 하나의 변주다. 음악과의 유사성을 말해 보자면 『웃음과 망각의 책』은 베토벤의 op. 44, E 플랫 장조의 14개 변주곡을 닮았으며, 「자크와 그의 주인」은 모차르트 「마술피리」의 '연인인가 아내인가' 테마에 대한 12개의 변주곡인 베토벤의 op. 66에 가까울 것이다. 내가 보여 주려는 차이는 무엇보다 한쪽은 테마가 '창조'되거나 '독창'적인 반면, 다른 쪽은 단순히 앞선 작품에서 차용했다는 점이다. 후자의 경우엔 엄밀한 의미의 변주들(복수) 외에도 아마 원초적 변주(단수)가, 다시 말해 출발점에 영감의 원동력이 되는 모방이 있을 것이다.

이 차이는 아주 가벼워 보이지만 대단히 의미심장하다. 이미, 변주 예술에는 내가 '근원적인 절제'라고 부르고 싶은 것이 있다. 아니면 적어도 신성불가침한 작품 내용의 중요성에 대한 조심스러움이 있다. 작품 내용은 기껏해야 몇 박자밖에 되지 않는 하나의 테마로 축소되므로 중요한 본질은 차라리 최소한으로 살아남은 테마의 구상과 심화에 담겨 있다. 그런데 이 테마가 만들어진 것이 아니라 다른 사람의 작품을 단순히 모방한 것이라면 본질은 더욱 명백하게 드러난다.

op. 66 12개 변주곡의 경우, 본질은 베토벤과 모차르트의 만남으로, 한쪽 음악가의 악절 속에서 다른 음악가가 하나의 노래를 발견하고 온전히 자기 것으로 만든 데 있다. 마찬가지로 이 작은 책 속에서도 디드로와 스턴의 대화에서 나온 하인과 주인의 대화 너머에서 쿤데라와 디드로 사이의 멋진 대화가 이루어진다. 20세기 체코인과 18세기 프랑스인의 대화가, 연극과 소설의 대화가 이루어지고, 바로 이 무한한 대화 속에서, 이 목소리와 생각의 교류 속에서 더없이 당당하게 문학이 실현된다.

  나는 분명히 교류라고 말하겠다. 왜냐하면 12개 변주에서는 모차르트가 베토벤에게 목소리를 빌려 주는가 하면 그 반대의 차용도 이루어지기에, 이후로는 파미나와 파파게노의 이중창을 예전과 같은 방식으로 듣지 않게 되기 때문이다. 미래에 있을 베토벤의 변주들이 이 곡을 풍요롭게 만든 것이다. 이와 마찬가지로 디드로의 소설도 쿤데라에게 주는 만큼이나 쿤데라로부터 받기도 한다. 쿤데라 텍스트의 고유한 짜임새, 이를테면 그랑세르 여인숙 여주인과 포므레 부인의 역할이나 자크와 아르시 후작의 역할을 맞물리게 이은 이중 연출, 거의 완전히 비우고 배우들의 대사만으로 채운 무대 장치, 자크와 그 주인의 모험에서 닮은 점을 부각한 점 등을 말이다. 요컨대 희곡으로 각색된 이 독서가 디드로 소설의 짜임새에 덧붙어 그것을 드러내고 심화하고 한층 더 강렬하게 존재하게 만드는 것이다.

  이런 의미에서 우리는 쿤데라의 텍스트와 그 텍스트가 보여 주는 방식이 모든 비평적 독서의 이상 자체를 멋들어지게 예시한다고 말할 수 있을 것이다.(자크 브로는 말했다. "나는 책을 음악가나 배우처럼 읽으면서 텍스트를 해석하고, 내 식으로, 내 안에서 연주한다.") 이 말이 「자크와 그의 주인」에 대한 그릇된 생각을 제공하지는 않았으면 한다. 「자크와 그의 주인」은 결코 해설도 아니고, '각색'이나 '다시 쓰기'도 아니며, 연구 또한 아니다. 이 작품은 진정한 의미에서 하나의 창작물이다.

그러나 디드로의 소설이 쿤데라의 희곡 작품으로부터 빛을 받고, 그리고 부가된 의미까지 받을지라도 무엇보다 가장 멋진 건 아마 쿤데라가 선배의 작품에 대해 털어놓은 고백일 것이다. 「자크와 그의 주인」의 창작이 증언해 주는 고백 말이다. 그 고백이란 곧 동조이며 존경이고, 타인을 모범으로 삼으면서 자기 자신을 지키고, 타인의 특징들을 환기하는 가운데 자기 자신의 얼굴을 발견하고, 감탄하며 창조하는 마음가짐이다.

이 점에 대해서는 얼마든지 긴 얘기를 늘어놓을 수 있을 것이다. 그러나 늘어놓아 봤자 자크 브로가 「사방의 시」 산문 구절에서 이미 "비번역"이라 명명한 것에 못 미치는 얘기가 될 것이다. 사실 "비번역"이란 여기서 쿤데라가 변주라는 이름으로 지칭하는 것을 묘사하는 또 하나의 방식이다. "비번역이란 불충을 갈망하는 충절이다."

때로는 변주의 도덕이, 심지어 형이상학이 있지 않을까 싶은 생각이 들기도 한다. 그러나 있다면 지극히 냉소적인 도덕과 형이상학이 될 것이다. 어쩌면 거기엔 쿤데라 전 작품의 본질적 의미들 가운데 하나가(또는 '반(反)-의미'가) 표현될지도 모른다. 그것을 우리는 이렇게 표명할(표명해야만 하기에) 수 있을 것이다. '유일한 것'이란 하나의 덫이다. 우리는 언제나 연속의 일부다. 다시 말해 우리가 생각하는 것보다 훨씬 덜 개별적이다. 모든 불행은 강박적으로 차이를 추구하는 데서 온다. 독창성은 허상이고, 청소년기의 천진한 소산이며, 일종의 자만이다.(『삶은 다른 곳에』나 『웃음과 망각의 책』 중 '리토스트'를 보라.) 따라서 유일한 진정한 자유는 반복에 대한 자각에서 생겨난다. 유일한 자유와 유일한 지혜가.

이미 『농담』에서 화자 루드비크가 발견하게 되는 건 그의 복수의 부질없음, 다시 말해 유일성을 추구하는 욕망의 부질없음이 아니던가? 소설 끝에서 그를 마을의 작은 오케스트라에 합류하게 만든 겸허함이 아니던가? 그 오케스트라의 예술은 민속 테마들의 무한한 변주를 만들어 내는데, 그 겸허함에는 무엇이 담겼는가? 자기 운명의 개별성에 집착하기를 그만둔 사람의 미소가 아니던가? 그것은 『웃음과 망각의 책』 끝에 얀이 발견하게 되는 것이기도 하다. "반복은 경계선을 눈에 보이게 만드는 방식이다". 경계선이란 의식의 한계선으로, 그걸 넘어서면 "웃음이 울려 퍼진다." 그리고 「자크와 그의 주인」에서도 역시나 마지막에 이르러 주인은 자크에게 이렇게 고백한다.

아이와 의자와 그 모든 것이 계속 반복된다는 생각을 하면 이따금 불안해진단 말이다……. 어제저녁에도 포므레 부인 이야기를 들으면서 난 속으로 생각했다. 늘 똑같이 변함없는 얘기가 아닌가? 결국 포므레 부인도 생투앙의 모사품에 지나지 않느냐. 그리고 나는 네 가련한 친구 비그르의 다른 버전에 불과하고, 비그르는 잘 속아 넘어가는 후작과 비슷한 인간일 뿐이지. 게다가 쥐스틴과 아가트의 차이점도 도무지 모르겠어. 아가트는 후작이 결국 결혼할 수밖에 없었던 저 창녀의 분신이야.

자크는 대답한다. "그렇군요, 나리. 꼭 돌고 도는 회전목마 같습니다. 제 입에 입마개를 물렸던 제 할아버지는 저녁마다 성경을 읽었지만 늘 마뜩잖아 하셨죠. 그래서 성경이 줄곧 똑같은 말을 반복한다고 말하며, 반복을 하는 사람은 듣는 사람을 바보로 여기는 거라고 말씀하셨죠. 그래서 나리, 저는 이 모든 걸 저 높은 곳에서 쓴 사람도 믿기 힘들 정도로 자기 말을 반복한 게 아닌가, 따라서 우리를 바보로 여긴 게 아닌가 하는 생각이 듭니다……." 그런데 바보란 무엇보다 보편적인 반복을 보고 싶어 하지 않는 사람이고, 모차르트의 젊은 연인들처럼 모차르트로부터 무한한 변주의 사슬을 끊을 수 있다고 터무니없이 믿는 사람이다.

그러나 돈 알폰소의 말이 언제나 옳을 것이다. 코지 판 투테……(cosi fan tutte, 여자는 다 그래.)

1981년 11월, 몬트리올.
프랑수아 리카르

유희적 편곡

다음 둘을 구분하자. 한편에, 과거 음악의 잊힌 원칙들을 복권하고자 하는 일반적 경향성이 있다. 이는 스트라빈스키의 작품 전체를 관통하는 경향성이요 그의 동시대 대가들 작품의 경향성이기도 하다. 다른 한편에 스트라빈스키가, 한 번은 차이콥스키와, 또 한 번은 페르골레시, 제수알도 등등과 나누는 직접적인 대화가 있다. 이 '직접적인 대화들', 말하자면 옛날 어떤 작품이나 어떤 구체적 스타일을 편곡하는 것은 사실 다른 동시대 작곡가들에게서는 찾아볼 수 없는 스트라빈스키만의 방식이다.(이를 우리는 피카소에게서 보게 된다.)

아도르노는 스트라빈스키의 편곡을 이렇게 해석한다.(키워드들을 강조한 사람은 나다.) "이 음들(즉 스트라빈스키가 예를 들면「풀치넬라」에서 사용하는, 하모니와 무관한 불협화음들)은 관용어에 대해 작곡가가 가하는 폭력의 흔적들이 되며, 그것들에서 우리가 맛보는 것은 바로 그 폭력, 음악을 학대하는, 음악의 삶을 해치는 그 방식이다. 과거에는 불협화음이 주관적 고통의 표현이었지만, 귀에 거슬리는 그 신랄함이 가치가 변해 이제는 사회적 속박의 징표가 되는데, 그 중개인은 유행을 소개하는 작곡가다. 그의 작품들에는 주체와 무관한, 주체 외부에 있는 필요성, 단지 외부로부터 그에게 부과되었을 뿐인 이 속박의 상징들 외에 다른 소재가 없다. 어쩌면 스트라빈스키의 신고전주의 작품들이 누린 폭넓은 공감의 대부분은, 의식 없이 탐미의 미명 아래 이루어진 일이지만 그 작품들이 사람들을, 정치적인 계획에 따라 머지않아 그들에게 체계적으로 부과될 그 무언가에 적합하도록 육성했다는 사실에 기인하는지도 모른다."

요점을 간추려 보자. 불협화음은 '주관적 고통'의 표현이라면 정당화될 수 있지만, 스트라빈스키(자신의 고통을 말하지 않는다는 점에서 도덕적으로 유죄인)에게서는 동일한 불협화음이 가학성의 징표다. 이 가학성은 (아도르노 사유의 번쩍이는 직접교섭에 의해) 정치적 가학성에 비교된다. 말하자면 그가 페르골레시의 음악에 덧붙인 불협화음들은 임박한 정치적 억압(구체적인 역사적 맥락을 고려할 때 오직 한 가지, 파시즘을 의미할 수밖에 없다.)을 예시하는(결국 준비하는) 거라는 얘기다.

나도 옛 작품 하나를 자유롭게 편곡해 본 적이 있다. 1970년대 초 아직 프라하에 살 때, 나는 디드로의 『운명론자 자크와 그의 주인』을 극작품으로 편곡해 보고자 했다. 내게 디드로는 합리적이고 비판적이고 자유로운 정신의 화신이었으며, 그래서 나는 그에 대한 나의 애정을 서구에 대한 향수처럼 느꼈다.(러시아가 내 조국을 점령한 것이 나의 눈에는 강요된 탈서구화로 보였다.) 하지만 우리가 하는 일의 의미는 늘 변하게 마련이다. 오늘날에는 차라리 이렇게 말하고 싶다. 내게 디드로는 소설 예술 전반기를 구현한 소설가요 나의 극작품은 옛 소설가들에게 익숙했던, 또한 내게도 소중했던 몇 가지 원칙들에 대한 예찬이었다고 말이다. 그 원칙들이란 1) 행복감을 주는 구성의 자유, 2) 자유분방한 이야기들과 철학적 성찰들의 부단한 이웃 관계, 3) 철학적 성찰들의 충격적이고 희화적이고 반어적인, 비진지성의 특성 등이다. 게임 규칙은 분명했다. 내가 만든 것은 디드로의 각색이 아니라, 나 자신의 극작품, 디드로에 대한 나의 변주, 디드로에게 바친 나의 경의였던 것이다. 나는 그의 소설을 통째로 재구성했다. 사랑 이야기들은 그의 작품에서 가져왔지만 대화 속 성찰들은 내 것으로 보는 게 옳다. 디드로의 필치에서는 생각할 수 없는 문장들이 거기에 있음을 누구라도 금방 알아챌 수 있다. 18세기는 낙관적이었지만 나의 세기는 이미 그렇지 않았고 나는 더더욱 그렇지 않아, 나의 편곡에서는 자크와 주인 같은 등장인물들이 빛의 시대에는 상상조차 하기 힘든 막대한 어둠을 향해 걸어가기 때문이다.

이 어쭙잖은 개인적 체험으로 미루어 보건대, 나는 스트라빈스키의 폭력이니 가학성이니 하는 말들을 멍청한 객설로 여길 수밖에 없다. 그는 내가 나의 옛 스승을 사랑했듯 자신의 옛 스승을 사랑했을 뿐이다. 어쩌면 그는 18세기의 멜로디에 이렇듯 20세기의 불협화음을 덧붙이면 저 세상의 스승이 무슨 일인지 궁금해할 거라고 상상했는지도 모른다. 우리 시대에 관한 중요한 뭔가를 스승에게 털어놓게 될 거라고, 게다가 스승이 이를 재미있어 할 거라고 말이다. 그에게는 옛 스승에게 말을 걸고, 얘기를 하고 싶은 욕구가 있었다. 옛 작품의 유희적 편곡이 그에게는 세기를 뛰어넘어 의사소통하는 하나의 방식이었던 것이다.

『배신당한 유언들』에 실린 단장, 1993.

작품의 역사에 관한
작가의 말

내가 「자크와 그의 주인」을 쓴 것은 아마도 1971년이었을 것이다.(아마도라고 한 건 내가 한 번도 일기를 써 본 적이 없기 때문이다.) 체코 극단이 다른 사람의 이름을 내세워 공연할 수 있으리라는 막연한 생각을 품고서였다. 이건 1981년 「서문」에도 쓴 얘기다. 그 당시에는 입조심을 해야 했기에 내가 조국을 떠난 지 육 개월이 지난 1975년 12월에 그 '막연한 생각'이 실현되었다는 사실을 덧붙일 수가 없었다. 내 친구 에발트 쇼름(1960년대 체코 영화계에 젊은 바람을 일으킨, 가장 영향력 큰 인물들 가운데 한 사람이다.)이 이 작품에 그의 이름을 빌려 주었고, 시골 어느 극장에서 공연을 하게 했다. 이 책략이 1989년까지는 경찰의 감시망을 벗어나 작품은 전국을 순회했고, 심지어 프라하에서도 종종 공연되었다.

1972년, 젊은 프랑스 연출가 조르주 베를레가 프라하로 나를 찾아와 나의 「자크」를 파리로 가져갔다. 파리에서 그는 구 년 뒤인 1981년에 이 작품을 마튀랭 극장 무대에 올렸다. 같은 해, 내 작품의 프랑스어 텍스트에 프랑수아 리카르의 후기와 내가 쓴 「변주 서설」이 덧붙어 갈리마르 출판사의 '익살광대의 망토'라는 총서로 출간되었다.(1990년 재판 인쇄를 위해 나는 전체를 다시 읽었다.) 이 서문은 『운명론자 자크와 그의 주인』(내게는 소설 역사상 가장 위대한 작품 가운데 하나인)에 대한 고찰인 동시에 침략의 충격에서 아직 헤어나지 못하던 어느 체코 작가의 정신 상태에 대한 자료이기도 하다. "긴긴 러시아의 밤을 마주 대하고……." 그 시절 나는 그 긴 시간이 팔 년을 넘기지 못하리라는 걸 알지 못했다.

 예언을 하면 언제나 틀릴 수밖에 없다. 그럼에도 그런 오류들보다 더 진실한 것이 없다. 사람들이 자신들의 미래에 대해 품는 생각 속에는 그들이 처한 역사적 현재 상황의 실존적 본질이 담겨 있다. 우리가 1968년 러시아 침략을 비극으로 체험한 것은 박해가 너무 잔인해서가 아니라, 이젠 모든 게(다시 말해 나라의 본질까지, 그 서양적 특성까지) 영원히 끝장났다고 생각했기 때문이다. 나는 이런 절망 속에 빠진 한 체코 작가가 본능적으로 이렇게 자유롭고, 이렇게 진지하지 않은 디드로의 소설 속에서 위로를, 지지를, 숨 쉴 여유를 찾았다는 사실이 많은 걸 얘기해 준다고 생각한다.(파리에 온 뒤로 나는 이 소설에 대한 나의 열정이 시사하는 바가 많을 뿐 아니라 당혹스러운 것이었음을 깨달았다. 『운명론자 자크와 그의 주인』이, 빚을 진 라블레의 전통과 마찬가지로 이 소설이 그 조국에서 놀랄 만큼 과소평가되고 있었기 때문이다.)

 이 작품은 여러 언어로 번역되고 출간되었으며(때로는 체코 텍스트로, 때로는 프랑스어 텍스트로) 유럽에서, 미국에서,(로스앤젤레스에서는 사이먼 칼로가, 보스턴에서는 수전 손택이 무대에 올렸다.) 그리고 심지어 오스트레일리아에서도 여러 차례 공연되었다. 나는 공연을 몇 개밖에 보지 못했다. 그중에서 자그레브의 공연(1980년)과 제네바의 공연이 내 마음에 쏙 들었다. 어느 날, 어느 벨기에 극장에서 올린, 지나치게 기교를 부린 어두운 해석은 나의 변주 원칙이 오해를 낳을 수 있다는 사실을 깨닫게 해 주었다. 글쓰기광 성향의 연출가들은(요즘엔 그런 성향이 없는 연출가가 있을까?) 아마 이런 생각을 할 것이다. 쿤데라가 디드로 소설에 대한 변주를 만들었으니 우리도 그의 변주에 대한 자유로운 변주를 못 할 게 뭐 있겠는가? 바로 이것이야말로 횡설수설 같은 작품을 제작해 낼 확실한 방법이다.

 희곡 텍스트에 대한 연극인들의 꿋꿋한 경망스러움을 알게 되고서 나는 내 작품에 관객보다는 독자들이 있길 바랐다. 그 후로 아마추어 극단(미국에서는 수십 개의 학생 극단이 공연을 했다.)이나 가난한 직업 극단에만 공연 허가를 내주었다. 재정 수단의 결핍에서 나는 적어도 단순한 연출은 보장되리라고 본 것이다. 실제로 예술에서, 멍청한 기교꾼의 손에 돈이 넘쳐 날 때보다 더 처참한 폐해가 저질러지는 경우는 없다.

 1989년 말에 "긴긴 러시아의 밤"이 끝났고, 그 후 「자크와 그의 주인」은 체코와 슬로바키아의 수많은 극장에서 공연되었다.(프라하에서만도 세 가지 다른 연출로 공연되었다.) 작품에 대한 이해도 마음에 들었다. 그리고 대단한 유머도, 우수 어린 유머도 담겼다!(브라티슬라바에서는 이 작품이 수년째 공연 레퍼토리에 들어 있는데, 내가 아는 마지막 위대한 희극 배우들인 라시카와 사틴스키가 주인공이다.) 묘한 일이다. 프랑스 문학에서 직접 영감을 받았지만 어쩌면 나는 나도 모르게 뿌리 깊이 체코적인 텍스트를 썼는지도 모르겠다.

  (마지막으로 덧붙이자면, 최근에 이 작품은 모스크바에서 공연되었다. 훌륭한 공연이었다고 한다. 다시 한 번 나는 서문에 쓴 말을 생각했다. "긴긴 러시아의 밤". 그리고 자크가 내게 하는 말을 들었다. "사랑하는 나리, 우리가 어디로 가는지는 결코 알지 못합니다.")

1998년 8월, 파리.

옮긴이 **백선희** 프랑스 그르노블 3대학에서 불문학 석사와 박사 과정을 마치고 덕성여자대학교에서 강의를 하며 번역 일을 하고 있다. 옮긴 책으로는 『단순한 기쁨』, 『청춘, 길』, 『풍요로운 가난』, 『앙테크리스타』, 『아프리카 트렉』, 『행복을 위한 변명』, 『텔레비전과 동물원』, 『스물아홉, 그가 나를 떠났다』, 『무거움과 가벼움에 관한 철학』, 『쇼핑의 철학』, 『안경의 에로티시즘』, 『하늘의 뿌리』, 『예상표절』, 『셜록 홈즈가 틀렸다』, 『햄릿을 수사한다』, 『나가사키』, 『흰 개』, 『레이디 L』, 쿤데라의 『웃음과 망각의 책』 등이 있다.

밀란 쿤데라 전집 15

자크와 그의 주인
드니 디드로에게 바치는 3막짜리 오마주

1판 1쇄 찍음 2013년 9월 5일
1판 4쇄 펴냄 2023년 7월 20일

지은이 밀란 쿤데라
옮긴이 백선희
발행인 박근섭·박상준
펴낸곳 (주)민음사

출판등록 1966. 5. 19. 제16-490호
주소   서울특별시 강남구 도산대로1길 62(신사동)
         강남출판문화센터 5층 (우편번호 06027)
대표전화 02-515-2000 | 팩시밀리 02-515-2007
홈페이지 www.minumsa.com

한국어 판 © (주)민음사, 2013. Printed in Seoul, Korea

ISBN 978-89-374-8415-5 (04860)
      978-89-374-8400-1 (세트)

* 잘못 만들어진 책은 구입처에서 교환해 드립니다.